SORTIE DE CLASSES

LAURENT TORRÈS

SORTIE DE CLASSES

roman

ALBIN MICHEL

À David

La mère du petit Yliess est face à moi dans l'embrasure de la porte. Je ne l'ai pas vue venir, elle n'a pas pris rendez-vous. Elle doit avoir trente ans. Ses cheveux noirs ondulés tombent sur ses épaules. Sous une veste en jean, elle ne porte qu'un simple et léger débardeur blanc. Son visage est grave et marqué. Il y a de la colère dans son regard et, dans le ton de sa voix, une dureté implacable.

Les élèves courent et poussent des cris. J'essaie de les éloigner un peu pour gagner quelques instants de calme, puis je reviens à la discussion. La récréation se termine dans deux minutes. Je n'ai pas beaucoup de temps à lui accorder.

«Il dort en classe! Il est affalé sur sa table, la tête dans ses bras. Constamment, je lui dis de travailler, de se redresser...

– Moi, je voulais simplement savoir pourquoi vous avez dit à mon fils que ça ne sert à rien de venir à l'école!?

– Pardon ?

– Si ! Il m'a dit que vous lui avez dit cela ! »

Mes yeux se portent sur la fissure au mur, de l'autre côté du couloir. La peinture jaune se craquelle. Ils ont pourtant repeint il y a six mois.

Son visage est immobile. Je baisse les yeux. À son ceinturon, une énorme boucle Prada argentée reflète la lumière des néons. Afin d'éviter la précipitation, je prends le temps de répondre et laisse passer les secondes :

« Je ne me rappelle pas. Vous savez, il ne fait pas grand-chose en cours. J'ai dû vouloir lui dire de s'investir plus pour améliorer ses résultats.

– Mais non ! Vous lui avez dit de ne plus venir ! Maintenant, il ne veut plus travailler. Avant, il travaillait très bien !

– Madame… ne me dites pas qu'il travaillait très bien. Je l'ai eu il y a deux ans et c'était déjà pareil. Vous pourriez venir me voir pour vous aider à mieux vous organiser avec ses devoirs. Fait-il vraiment ses devoirs ?

– Mais non ! Avec vous il ne veut plus ! Il n'y a qu'avec vous que cela ne va pas. Il a toujours été un très bon élève. »

Obligé, contrairement à elle, de garder mon calme – c'est le métier –, que dire quand ils pensent que nous sommes le problème ? Dans cette situation, il vaut mieux ne pas contredire les parents d'élèves. Ils cherchent une raison. Ils sont perdus, souvent plus que nous. Je dois lui apporter une solution concrète. Je ne la trouve pas. Prendre sur soi.

« Madame… je ne sais pas où vous avez vu qu'il était un très bon élève, mais s'il ne fait pas d'efforts, il n'y arrivera jamais !

– Il fait des efforts ! Mais vous ne les voyez pas !

– Je ne peux pas vous parler comme ça. Si vous avez besoin d'aide, il faut que nous prenions rendez-vous pour discuter plus longuement de votre fils.

– Mais je n'ai pas besoin d'aide. Je n'ai pas besoin de leçons pour savoir comment élever mes enfants !

– Je voulais parler de trouver une solution pour qu'il puisse progresser.

– Puisque c'est comme ça, je vais voir le directeur tout de suite ! Ça va pas du tout. »

Il nous faudrait une formation particulière pour apprendre à parler aux parents. Il est si difficile de se mettre à leur place. Je me sens parfois tellement loin d'eux. Quelle énergie dépensée ! On y repense le soir. Certains d'entre nous ne savent pas se protéger et se laissent ronger.

Sauvé par la sonnerie. La meute des élèves approche en courant, tandis que madame Moumni s'en va, déterminée, se frayant un chemin dans les bousculades. Je les laisse entrer en classe dans un bruit ininterrompu. Encore une pause qui passe à l'as.

Je finis mes cours deux heures plus tard, exténué.

Dans la salle des professeurs, la tête du principal dépasse doucement de la porte. Il semble chercher quelque chose. Son regard croise le mien.

« Vous pouvez passer me voir dès que vous aurez un instant ? demande-t-il d'une voix fluette.

– J'arrive tout de suite ! » dis-je sans enthousiasme, avec l'intention d'en finir au plus vite.

Les autres professeurs encore présents en cette fin de journée restent assis, accablés, à leur table sans lever la tête.

« Entrez ! Juste cinq petites minutes, me dit-il avec une chaleur feinte. J'ai vu madame Moumni. »

J'entre et m'assieds lentement. Jean-Louis Verchère est un homme d'une cinquantaine d'années. Son bureau est gris et dispose de peu d'objets familiers pour personnaliser sa décoration. Une photo du nageur australien Ian Thorpe est suspendue au mur dans un beau cadre mal ajusté.

Je m'enfonce dans mon dossier et le regarde dans les yeux.

Toujours tiré à quatre épingles, palmes académiques bien en vue, monsieur Verchère s'engage intensément dans son travail. À chaque sortie scolaire organisée par un professeur (l'an passé, les élèves de 6ᵉ D sont allés plusieurs fois à l'Opéra), il y a une place pour lui. Depuis trois ans, un groupe d'élèves de 3ᵉ part à Rome une semaine. Il est du voyage également. Divorcé depuis longtemps, on le voit souvent avec monsieur Auphant, professeur de français comme moi. Il partage toutes ses sorties.

« Déjà ? Vous voyez les parents sans prendre de rendez-vous ? dis-je en feignant l'étonnement.

– Elle avait l'air très énervée. J'ai essayé de calmer la situation.

– Ce n'était pas nécessaire de la recevoir immédiatement. »

Je réponds pour rester stoïque. Je devine où cette discussion va nous mener.

« Vous savez, il faut faire attention. Il ne faut pas dire à vos élèves de ne plus venir en classe…

– Comment ? C'est une blague ?

– Ils risquent ensuite de se démobiliser.

– Mais qui vous dit que je lui ai dit cela ?

– Il faut impérativement veiller à motiver tous les élèves…

– Je ne fais pas autre chose.

– … et à ne pas créer encore plus d'exclusion scolaire qu'il n'y en a.

– Je suis bien d'accord. »

Le ton de sa voix est de plus en plus sec. Un léger collier de barbe taillé au millimètre lui ceinture le menton. C'est, paraît-il, un reste de sa période d'engagement au parti communiste dans les années soixante-dix et quatre-vingt. Plus épais à l'époque, il l'a progressivement allégé en une fine ligne parfaitement dessinée.

« Bon ! Je l'ai apaisée en lui disant que vous aviez eu

tort, et que tout le monde pouvait commettre des erreurs. Elle est partie rassurée. Mais il ne faudrait pas que cela recommence. Nous avons d'autres problèmes plus importants ! Vous comprenez bien que j'ai beaucoup de travail. Je ne peux pas toujours régler les problèmes de discipline.

– Mais je ne vous demandais pas d'intervenir.

– On ne peut pas mettre un professeur derrière chaque élève. Il serait souhaitable que vous teniez un peu mieux votre classe. Déjà l'année dernière, lorsque vous avez sorti dans le couloir un élève, le petit Diop je crois, et que ses parents l'ont retrouvé une heure après dans la rue, j'ai dû intervenir.

– Je sais. Mais comment était-il sorti de l'établissement ? »

Ma voix faiblit. Il est inutile d'insister.

« On ne va pas reparler de cet incident, dit-il. Vous comprenez, j'ai deux filles, et le soir je veux pouvoir rentrer chez moi tranquillement pour profiter de ma famille.

– Oui… d'accord. »

Épuisé, je n'ajoute rien.

La pression hiérarchique existe aussi entre collègues. Le simple fait de se défendre peut être vécu par l'autre comme un abus de pouvoir. Je me retiens. Tout cela pour une banale histoire d'élève qui ne travaille pas.

Nous nous saluons et je quitte rapidement le collège. Sur le parking, j'enfourche ma moto. Avant d'enfiler mon casque, j'enfonce dans mes oreilles les écouteurs de mon mp3. La musique électronique m'abrutit. Elle me fait oublier. Je roule en prenant l'autoroute sans y être obligé, simplement pour aller vite. La visière grande ouverte, je reçois le vent dans les yeux.

Au feu orange, j'accélère et passe au rouge, j'entre dans les rues grises de Paris. J'ai une porte de sortie. Je suis encore jeune et tout ceci ne durera qu'un temps. Me suis-je jamais senti engagé dans ce métier?

En retard, je cours dans le couloir. Mes pas font un bruit d'enfer. Dans la salle 107, toute l'équipe enseignante de la 4e B est là. Verchère me jette un regard noir. Les tables sont disposées en cercle. Je vais m'asseoir à l'autre bout de la salle sans saluer personne.

Le petit Lounis est assis, seul, sur une chaise devant nous. C'est son conseil de discipline. Après le rappel des faits, dont j'ai manqué le début, certains professeurs prennent la parole pour essayer de comprendre si le gamin se rend compte de son erreur. J'écoute d'une oreille inattentive. Nous savons tous comment cela va se terminer : une exclusion, suivie d'une réintégration obligatoire dans un collège voisin, comme pour Roslane arrivé chez nous la semaine dernière.

Je ne sais pas où est la limite. Ce matin en cours, cinq élèves au moins auraient pu mériter une convocation au conseil de discipline pour leur attitude.

Ces réunions sont longues et fastidieuses. Elles

obligent les professeurs à faire des heures supplémentaires. Quand nous sortons, il fait nuit.

Paulo me propose d'aller au café en face du collège. Il est professeur de physique.

« Tu n'es pas trop fatigué ? me dit-il avec un sourire narquois. Je n'en peux plus de ces réunions.

— C'est assez affligeant d'avoir à ce point l'impression d'être inutile.

— Moi, mon père… si j'avais été embarqué dans une histoire comme ça, il m'aurait déboîté la tête ! »

Au café, nous retrouvons Farid, professeur de mathématiques, en pleine discussion avec des filles. Ce sont d'anciennes élèves devenues majeures… selon lui. Il se souvient d'elles parfaitement. Leur visage ne m'est pourtant pas familier.

Elles rient. Farid drague sans aucun complexe. Elles sont un peu grosses, les cheveux teints en blond, le vernis à ongles violet assorti au rouge à lèvres. On aligne les bières et la soirée avance. Farid en fait trop. Il échange son numéro de portable avec les filles. Qu'attend-il de ces gamines ?

On arrive finalement à le tirer hors de là.

Il est tard, Farid veut terminer la soirée à Paris. Paulo s'éclipse. J'hésite un peu, la dernière fois, cela s'est fini en bagarre générale et il a fallu que je le ramène chez lui bourré. Il ne peut pas faire autrement, c'est un besoin vital.

Il m'indique un bar inconnu. Nous partons à deux à moto.

« Tu vois, c'est simple, dans mon rêve, mon groupe avance, mais lentement. Les autres sont devant, mais on n'arrive jamais à les rattraper, à réduire l'écart. Je ne sais pas très bien vers quoi on va... Les autres, devant, ne se retournent jamais. Ils sont douze. »

Ma tête repose contre la vitre froide, je l'écoute attentivement. Ses mains s'agitent sur la table. Il me révèle un secret, sa voix est de plus en plus faible :

« Récemment, j'ai enfin compris ce rêve, ceux de devant sont douze et dans notre groupe, toujours en retard, nous sommes huit ! Et nous n'arrivons jamais à rejoindre les douze. Or, si nous nous réunissions, tout serait enfin résolu. C'est la solution. Mais ça n'arrive pas. Tu saisis ? »

Farid est pris dans son récit et ne touche pas à son verre.

« Pas trop.

— Eh bien, qu'est-ce que ça fait, huit et douze ? Ça fait vingt ! Aujourd'hui, je suis prof, mais avant, j'ai été élève... et j'étais un cancre ! Je haïssais l'école. Une année, au collège, ma prof de français m'a dit qu'en dessous de huit sur vingt, je ne pourrais pas passer. C'était la pression permanente, le besoin de résultats rapides. Plus tard, pareil avec le rattrapage au bac, ça a toujours été l'horreur pour moi. J'ai toujours ramé.

– Bon, et alors ? Pourquoi ça te revient aujourd'hui ? On a tous vécu ça, l'école n'a jamais été autre chose qu'une course aux chiffres, lui dis-je sans grande conviction.

– C'est parce que aujourd'hui je suis prof moi aussi... et je voulais vraiment être différent. Mais il y a quelques années, n'y arrivant pas du tout avec beaucoup d'élèves, j'ai commencé moi aussi à parler de notes, de passage, de redoublement... et un jour, devant un élève super nul, c'était il y a trois ans, j'étais tellement désemparé que je lui ai dit : "Si tu n'as pas huit, je serai obligé de te faire redoubler." J'y croyais pas. Vingt ans plus tôt, j'étais en face... et aujourd'hui, après tant de remises en question, de réflexion, je me retrouve à jouer le rôle de mon bourreau... et c'est là que le rêve est apparu.

– Et pourquoi ce rêve-là ? Pourquoi cette image ?

– Parce qu'au fond de moi, je crois que je n'ai jamais cessé d'être ce cancre. Je suis à vie du côté des perdants. À chaque fois que je commence quelque chose, je me dis d'abord que je n'y arriverai pas et qu'il vaut mieux ne même pas chercher à me battre. Tu n'as pas vécu la même chose, toi ?

– Non, je ne sais pas. Je ne me souviens pas. Oui, il y avait des profs que je n'aimais pas... L'ennui, aussi, pendant les cours, et la compétition permanente pour rien.

– Et tu ne te revois jamais à la place de tes élèves ?

– Non, je ne crois pas. En fait, j'essaie de me sentir le

19

plus détaché possible de mes cours. Mais je ne sais pas. Tu as peut-être raison... »

Nous en restons là. Farid est saoul, exaspéré. Son regard se perd. Je demeure sceptique. Il m'a raconté son histoire avec une telle passion ! S'il y a un sentiment que je n'ai pas ressenti à l'école, c'est bien la passion...

Pourquoi ai-je aussi peu de souvenirs de ma période scolaire ? Mais comment s'appelait mon prof de maths en seconde ? J'ai forcément eu un prof de maths. À quoi ressemblait-il ?

« Tu te souviens du nom de tes professeurs ? dis-je.

– Oui, je crois, presque tous. Oh, les bâtards ! Qu'est-ce que j'ai pu les haïr ! J'avais raison d'ailleurs... Pas toi ?

– Non. J'ai des images, mais pas beaucoup de noms. J'ai tourné la page. J'ai fait autre chose ensuite. À l'école, je me voyais plutôt comme un touriste.

– Mais avec Facebook, il y a plein d'anciens camarades qui ont dû te recontacter ?

– Je n'y suis pas sur Facebook. Justement, je n'ai jamais eu envie de ça. Je ne veux pas savoir ce que les autres sont devenus. »

Après avoir payé l'addition, nous sortons du bar. Une pluie fine tombe dehors. Nous émergeons lentement, le corps engourdi. Je dépose Farid près de chez lui et je file. Les phares de voiture m'éblouissent, je ne me sens pas bien. Je me gare loin de chez moi car je vois une place libre et ne veux pas tourner en rond. Je retire mon casque et la lumière d'un lampadaire m'aveugle.

Et c'est revenu, là… comme une image sortie de nulle part.

Je vois une jeune fille brune en pleurs, elle évite de justesse un bus. J'entends les cris puis le rire des élèves sortis du lycée. L'ampoule du réverbère dessine une voûte de lumière à travers les gouttes. C'est le théâtre de ma reconstitution.

Je suis saisi par la sensation du passé qui revient. C'est un effroi glacial. Mon corps est traversé par un sentiment bien connu mais depuis longtemps oublié. Je suis à peine capable de mettre en mots cette scène fugitive et pourtant tout me paraît avoir un sens précis. En marchant, j'essaie de la rejouer dans ma mémoire, mais elle m'échappe. Plus j'y repense, plus elle devient rationnelle. Arrivé en bas de chez moi, j'ai l'impression d'avoir fabriqué mon souvenir. J'abandonne. C'est perdu, il ne me reste rien.

Est-ce que moi aussi, à l'école, j'ai été gouverné par la peur?

« Bien ! Il vous reste encore une minute pour vous relire et après, je ramasse les copies. »

Les élèves poussent un râle de mécontentement. Ai-je jamais pensé que je répéterais cette phrase aussi souvent ? Adolescent, le mur inébranlable me séparant de mes professeurs me saisissait. Je suis passé de l'autre côté sans m'en apercevoir.

Il est devenu inutile d'essayer de faire taire une classe. À quelques instants de rendre leurs copies, les élèves bavardent. Ils se donnent les réponses. S'ils le font trop fort, d'une façon trop insolente, j'interviens.

Que puis-je faire pour réprimer leurs fraudes ? Distribuer continuellement des heures de colle à près d'une vingtaine d'élèves ? C'est impossible. Il n'y a pas de place sur mon emploi du temps, ni sur le leur, pour dégager assez d'heures.

D'autant que, malgré la triche, leurs résultats sont faibles. Les meilleurs se distinguent toujours, ce sont les plus malins. Certains ont parfois le souci d'avoir une note correcte, une minorité. D'autres n'en ont cure et me tendent nonchalamment leurs copies blanches.

« Attendez, monsieur ! me dit Cindy, pressée de recopier la réponse que Chaynèze vient de lui donner.

– Dépêchez-vous. Je vous donne encore trente secondes pour écrire votre nom si vous ne l'avez pas fait.

– Effaceur ! effaceur ! Vite ! crie Léa.

– Silence », dis-je calmement pour les apaiser.

Une à une je ramasse les feuilles. Je fais deux fois le tour de la salle et vérifie à mon bureau le nombre de copies ramassées.

Deux élèves, les plus motivés, viennent me voir pour me demander, dans un bruit infernal, de supprimer deux questions « pas claires » selon eux. Habilement, ils m'expliquent avec l'art du paradoxe que deux réponses contradictoires sont possibles.

« Quel est le barème de la question 9, monsieur ? Si on peut répondre oui, il n'y a pas de raison de ne pas répondre non à la question 10…

– Vous n'êtes pas évalué sur oui ou non mais sur votre aptitude à justifier votre réponse, dis-je, imperturbable.

– Donc, si on met non, on peut quand même avoir bon ?!

– Ce n'est pas aussi simple…

– Le barème n'est pas clair, monsieur. »

Mélissa insiste. Je suis sur le point de céder, ils le sentent. J'admire leur opiniâtreté, elle est tellement rare. C'est là, à cet instant, que se joue la sélection. Ces deux élèves, et eux seulement, iront loin. Par leur verve, ils me convainquent, mais aussi toute la classe, du moins la minorité qui nous écoute dialoguer : il faut supprimer ces questions. Les élèves sont derrière eux.

Pourtant, certains ont dû y répondre mieux que d'autres. Ils ne le savent pas, ou n'ont pas compris comment se joue la distinction scolaire. Ils soutiennent leurs camarades. Ces deux élèves, Dylan et Mélissa, n'y ont certainement pas répondu.

J'ai préparé le contrôle ; ce sont les questions les plus importantes, pour lesquelles j'ai prévu le barème le plus élevé. Les supprimer reviendrait à transformer le contrôle en quasi-QCM élémentaire. Leur intelligence est ici clinique. Ils l'ont compris, ces questions sont cruciales et, sans savoir y répondre, ils ont réussi à se distinguer en me poussant à les retirer. Je ne résiste pas. La compétition a eu lieu.

La jungle sociale est entrée dans l'école. C'est la loi du plus malin et le professeur ne peut plus qu'accréditer ce qui se joue en classe. Je tente de me justifier intérieurement, j'essaie de reconnaître leur talent d'expression naturel. Je les confonds avec tous les autres : je me dis «les élèves» comme s'ils avaient tous réellement voulu la même chose.

Je suis à un poste d'observation, rien de plus. Mon

autorité est là pour asseoir celle des élèves les plus influents. Je suis un vrai professeur libertaire. Je laisse venir à moi la spontanéité créative des plus forts. Je valide les hiérarchies sociales.

« Bon, d'accord. Alors on retire les questions 9 et 10, et je donnerai un barème plus important aux trois premières questions.

– Merci, monsieur ! » dit Mélissa.

La salle pousse des hourras de bonheur. Moi-même je me surprends à rire avec eux. Le prennent-ils pour une faiblesse de ma part ? Savent-ils quelle compétition vient de se jouer dont ils sont pour beaucoup les perdants ?

L'école ne fait jamais rêver les mômes. Les faibles tiennent avec l'espoir d'une justice immanente improbable : un jour, la vraie vie les mettra devant. C'est une chimère : les premiers seront les premiers, les derniers seront les derniers. Comment pourrions-nous les tenir s'ils savaient la vérité ?

Il me reste vingt minutes de cours. J'ai peut-être le temps d'interroger les élèves sur leur récitation. Je l'avais déjà donnée à apprendre la semaine dernière, sans succès. Avec un peu de chance, quelques élèves l'auront depuis mémorisée.

« À une passante » de Baudelaire.

En 3e, le sentiment amoureux ne leur est plus étranger. Il m'est impossible de développer avec eux une explication détaillée du poème, alors je joue sur

25

l'identification au narrateur. Ils ont tous déjà regardé une fille, ou été regardées par un garçon.

Par ce choix subtil, je renforce également la séparation. Les plus à l'aise d'entre eux ont déjà eu des copains et des copines. Ils sauront jouer avec les mots, même sans les apprendre. Les autres seront perdus, irrémédiablement.

J'essaie d'obtenir le silence :

« Alors, maintenant... récitation. »

Une clameur d'insatisfaction traverse la salle :

« Pas maintenant !

– Ça fait deux contrôles dans la même heure !

– De toute façon, je ne l'ai pas apprise !... »

Et ça repart pour cinq minutes de bruit. Je laisse courir le vacarme dans tous les sens. Ostensiblement je prends mon carnet et consulte la liste des élèves. Seuls trois d'entre eux ont déjà une note en récitation. Il faut accélérer.

« Mamadou ! »

À nouveau des cris. Mamadou, si prolixe d'habitude, demeure bloqué en faisant non de la tête.

« Y a pas moyen, dit-il calmement.

– Moi ! moi ! » fait Rudy, toujours excité.

Je tente d'insister avec Mamadou, mais, visiblement, c'est inextricable. Je perds du temps. Rudy n'est pas encore noté, je cède une nouvelle fois :

« Debout, Rudy.

– Oh non, monsieur ! »

Le bruit recommence de plus belle.

En lui mettant une telle note, j'en fais un élève paria respecté des autres élèves et intenable ensuite. Le bruit est obsédant.

« D'accord, pas zéro. Mais je te réinterroge la prochaine fois, dernière chance ! »

Ce que je me garderai, bien entendu, de faire.

« Au suivant ! »

Une brève accalmie. Il me reste dix minutes à tuer. Je regarde la liste des élèves en passant un doigt de haut en bas. Il faudrait, dans l'idéal, trouver une idée, faire quelque chose d'inhabituel. Je m'arrête sur un nom, Sofiane Rachedi. Je suis pris d'un léger vertige. Qui est-ce ? Je n'arrive pas à mettre un visage sur ce nom. Je ne lui ai d'ailleurs jamais mis de notes à l'oral. L'année a pourtant commencé depuis plusieurs semaines.

« Sofiane Rachedi ? » dis-je lentement en relevant la tête.

Je feins de savoir où il se trouve en regardant délibérément dans une direction. Aucun élève ne réagit. Les plus indisciplinés ne bougent pas non plus. Cinq secondes, dix... pas de réaction. Je répète :

« Sofiane, où es-tu ? Lève le doigt. »

Un élève lève alors péniblement la main au niveau de son oreille. Sur le côté droit de la salle, il est contre le mur, au deuxième rang. Silence surprenant de la classe. Je le regarde et je me rends compte que, effectivement, j'ignorais totalement la présence de cet élève.

« Eh bien, vas-y, Sofiane ! Nous t'écoutons ! » dis-je en insistant sur le « nous ».

Maigre, petit, les joues creuses et le regard apeuré, il commence à parler. Je n'entends rien. Une sensation d'ennui profond pèse de tout son poids sur le cours.

« Plus fort ! » dis-je.

Son visage rougit. Il est en sueur et se reprend. Je n'entends toujours rien. Je ne sais pas quoi faire. Je m'approche de lui, mais son regard est fuyant. Il demeure inaudible. Encore un élève que je ne parviendrai pas à évaluer. Que faire avec lui ? Sa souffrance et sa peur semblent insurmontables. L'état d'indifférence dans lequel il laisse les autres élèves en dit long également. Personne ne cherche à rebondir, à tchatcher. Il est nul. Il n'a pas d'amis. Il mériterait un zéro également. Et là aussi je ne ferais que valider une hiérarchie fabriquée par la classe elle-même.

Par souci de l'intégrer au groupe, je tente une autre stratégie. C'est le premier cours du matin, il fait gris, la luminosité est encore faible dehors et nous sommes au rez-de-chaussée.

« Je vais éteindre la lumière pour que tu sois plus à ton aise. »

Je projette la classe dans l'obscurité. Comme je l'imaginais, les élèves se réveillent. Des « Allez ! Vas-y ! » traversent la salle, et quelques petits rires, mais rien de très bruyant. Sofiane est tétanisé. Il répète faiblement « La rue assourdissante » plusieurs fois. Il n'avance plus, il est bloqué. Dans cette attente interminable, la cloche finit par sonner. La classe se lève immédiatement. Je vais rallumer la lumière, les élèves reprennent leurs bavardages en sortant.

Je m'approche de Sofiane. Il est debout, seul. Sa voisine parle à d'autres élèves et lui tourne le dos. Il range lentement ses affaires. Je le regarde, je suis presque face à lui. Il semble refuser ma présence. Je me penche vers lui sans savoir ce que je vais lui dire. Mais cela vient tout seul :

« N'aie pas peur, détends-toi. »

La boucle est bouclée. Pourquoi ai-je dit cela ? Le professeur qui se contente de valider les hiérarchies de la compétition sociale se sert de son autorité pour invoquer le relâchement et la libre expression. Comment un élève comme lui peut-il entendre une telle phrase ? Se libérer ? Pour que je puisse le juger comme les autres, sur sa spontanéité, ses qualités d'expression naturelles.

Les élèves sortent un à un dans le bruit et les bousculades. Sofiane est au milieu, transparent. Personne ne lui parle, personne ne le voit. Personne n'a d'ailleurs rien vu, il ne s'est rien passé.

Un peu plus tard dans la journée, je croise Farid en sortant de la salle des professeurs. Il me saute dessus.

« Oh, putain ! Je crois que je vais le fumer, Verchère ! Il m'a fait un plan… »

Je compatis en rigolant, mais je ne veux pas du tout

savoir. Que chacun garde pour lui son lot de problèmes avec le principal. Les profs n'ont qu'à aller voir des psys pour vider leur sac. Ils y vont, d'ailleurs. Il me raconte quand même son histoire en sortant du collège. Je l'écoute d'une oreille distraite et lui demande s'il connaît Sofiane Rachedi.

« Qui ? Sofiane Rachedi ? Non.

– Mais si, il est en 3ᵉ D ! Un petit maigre qui ne parle pas.

– Ah oui. (Farid fait une grimace.) Bof ! Il a du mal. Il est arrivé en cours d'année, l'année dernière. C'est un gamin de la cité Paul-Éluard, je crois. Il vit seul avec sa mère. Je le sais parce que Annie Boutin voulait le faire redoubler, il était muet. Il a l'air bien déconnecté ! ajoute-t-il en riant. Bon, on s'appelle ! … »

Farid court vers sa bagnole. J'enfile mon casque en regardant au loin les élèves sortir du collège.

J'aperçois Sofiane qui, tête baissée, marche le long du mur vers la cité.

Je démarre et me dirige jusqu'au carrefour de la Poste. Il arrive maintenant vers moi, mais ne me remarque pas. Je le regarde s'éloigner. Il continue son chemin jusqu'à la troisième barre, puis tourne à droite. J'avance alors dans la cité, tourne à droite également. Il est là. Il entre dans la troisième cage d'escalier. Je ne m'arrête pas, roule lentement. En bas, devant la porte, quatre individus d'une vingtaine d'années à peine discutent. Il passe devant eux sans rien dire. Eux non plus ne le remarquent pas. Il s'engouffre et disparaît.

J'appuie sur l'accélérateur. Je dépasse le périph' et entre dans Paris. Au premier feu rouge, je lève la tête, regarde les immeubles en pierre. Je respire.

Rue Théodore-de-Banville. Les gros immeubles haussmanniens avec colonnes, statues, piliers, corniches et multiples voussures reflètent la puissance affable et nonchalante de leurs occupants. La rue étroite est comme refermée sur elle-même. La pierre blanche réfléchit le soleil.

Personne n'a jamais entendu un bruit derrière ces hauts murs lourds, la densité d'occupation des appartements est faible. C'est un calme plat, le silence, le vide d'une zone protégée.

Le souvenir de l'autre soir occupe constamment mon esprit. Il s'est figé en une simple image. Qui était cette jeune fille ?

Je me gare sur le trottoir, compose le code, monte l'escalier deux à deux jusqu'au quatrième étage, et glisse la clé dans la serrure.

« Bonjour papa ! »

Je traverse l'entrée et pénètre dans le salon, personne. Je m'enfonce dans le long couloir. Mon père et

Hélène sont allongés dans leur chambre devant la télévision.

« Ah ?! Salut bonhomme ! »

Hélène se redresse aussitôt. Ils regardent *Entre les lignes*, débat hebdomadaire sur LCP entre éditorialistes bon teint de la presse écrite. Mon père se lève et m'embrasse. Puis il me fait signe de le suivre dans son bureau. Sa démarche est agile, sans empressement. Il s'assied devant sa bibliothèque et me parle longuement et passionnément de DSK, de son affaire. Peut-être y voit-il le glas des hommes de sa génération ?

Ses cheveux blancs mi-longs tombent négligemment sur la nuque. Son teint hâlé donne l'impression d'un homme tranquille, jamais pressé et toujours séduisant. Son débit est lent et mesuré, le timbre de sa voix est mat. C'est un homme tranquille.

Pierre Gallifet est producteur de cinéma. C'est ainsi qu'il s'est généralement présenté et qu'il se présente encore. Il est plus juste de dire qu'il a travaillé dans la production cinématographique. D'une façon générale, à l'exception de quelques petits navets de la fin des années soixante-dix, aujourd'hui oubliés, ce n'est pas son nom que l'on a vu écrit au générique. Je l'ai compris assez tôt. Il y a toujours chez lui une réticence à nous montrer les films sur lesquels il a travaillé, réticence qui n'a d'égale que son ardeur à nous dire *avec qui* il a travaillé. Son activité n'a jamais consisté qu'en une seule chose selon moi : entretenir un carnet d'adresses, le plus large possible.

Vers la fin des années quatre-vingt, sans vraiment nous en avertir, il s'est reconverti dans le conseil aux entreprises de l'audiovisuel. Ça n'a pas été un grand succès non plus, mais en fait je n'en sais rien. Des années plus tard, il a vaguement pris des parts dans un restaurant à la mode et puis il y a peut-être eu quelques autres coups dont il ne se vante pas.

Il ne travaille plus depuis une dizaine d'années. Il n'en est pas moins toujours aussi actif dans ses mondanités, du moins avec ceux qui veulent encore le voir. Il ne tient d'ailleurs jamais rigueur aux autres. Un « ami » reste à vie un ami. À chaque rencontre nouvelle, il a trop de plaisir à déclarer sa connivence avec Untel, même s'il ne le voit plus depuis quinze ou vingt ans.

L'essentiel de ses revenus est aujourd'hui assuré par la possession d'un immeuble parisien et de quelques broutilles, comme il dit, hérités de sa mère, elle-même fille d'un notaire réputé de la place de la Madeleine durant l'entre-deux-guerres.

Sorti sans diplôme de la fac de droit en 1967, il milite grâce à sa copine du moment à la JCR. C'est ainsi qu'il traverse Mai 68, très engagé. C'est l'occasion de parfaire son carnet d'adresses, déjà bien fourni par ses fréquentations de la bourgeoisie des quartiers Ouest. Il rejoint le parti socialiste en 74, pour le quitter trois ans plus tard pour des raisons professionnelles.

En mai 81, nous sommes les seuls, rue Théodore-de-Banville, avec les Taïeb, à fêter la victoire. C'est l'époque heureuse où l'argent rentre bien. Mon père sort beaucoup et, vraisemblablement, dépense tout.

La suite est moins drôle. Peu de temps après mon dixième anniversaire, ma mère le quitte pour un agent de change new-yorkais. Ça ne dure pas longtemps, mais je reste avec mon père.

« Alors, ton travail ? Tu te sens toujours investi d'une mission supérieure ? dit-il d'un ton ironique.

– Tu sais bien que cela n'est pas le cas. J'ai d'autres projets.

– Et où en es-tu de ces autres projets ? À une époque, tu voulais écrire un roman. Tu sais que j'ai bien connu Léo Scheer. Pourquoi est-ce que tu ne veux jamais que j'appelle quelqu'un pour toi ?

– Écoute, pour le moment, je n'ai rien de prêt et je préfère rencontrer les gens par moi-même.

– Mais tu ne rencontres personne ! À force d'attendre, il ne se passera rien. Ce qui compte, c'est d'entrer dans le business. Après, tu verras bien. Regarde ton ami Philippe, ça se passe bien pour lui. Tu le revois ?

– Oui. On s'est vus cette semaine.

– C'était un gamin très entreprenant. Déjà, enfant, je me souviens, il avait un leadership incroyable sur les autres petits. Tu le suivais partout.

– Je ne sais pas qui suivait qui... »

Un ange passe. C'est un peu toujours la même dis-

cussion. Elle reprend là où on l'a laissée six mois plus
tôt. J'attends patiemment que l'on change de sujet de
conversation

« Et Julie, comment va-t-elle ?

– Très bien…

– Bon bon… »

Je repense à Philippe enfant. En CM2, il se pointe le
jour de la photo de classe avec un badge inconnu, une
petite main jaune marquée « Touche pas à mon pote ».
Un must.

Il me faut absolument la même, ceux qui ne l'ont
pas sont, paraît-il, des racistes. Je ne sais pas très bien
ce que c'est, mais je sais que ce n'est pas bien. Je le dis
à ma mère à la pause déjeuner. Elle s'empresse d'aller
me l'acheter. Le lendemain, je l'arbore fièrement sur la
poitrine. Déçu de ne pas l'avoir eue pour la photo de
classe, je la garde sur moi un trimestre entier.

Je laisse, après un échange de banalités, mon père seul
devant ses livres et me dirige vers mon ancienne
chambre. Hélène en a fait un bureau pour elle. Il ne sert
donc pas à grand-chose puisqu'elle n'a jamais, à proprement parler, travaillé. Cela ne l'empêche pas d'avoir un
emploi du temps absolument surchargé. Elle a connu
mon père à l'époque de son entreprise de conseil, elle
était très jeune. Elle l'est encore et c'est sa plus grande
qualité, elle n'a que dix ans de plus que moi. Partager son
lit avec un vieux ne semble pas la gêner outre mesure.

Mais dorment-ils seulement encore ensemble ?

Je suis à moitié assoupi. Ces discussions me fatiguent. J'entends des bribes de phrases. Je les attrape au vol puis je les relâche avant même de m'être soucié de les comprendre. Le dossier de ma chaise me gêne. Je cherche une meilleure position.

Arnaud tire sur sa clope, expire la fumée par les narines et se ressert du rouge. Il ne fait pas attention et en verse plusieurs gouttes sur la table. Ma chaise se met à grincer. Est-ce le pied arrière droit ? Je bascule légèrement vers l'avant pour obtenir confirmation.

Arnaud parle, beaucoup. Il donne toujours l'impression de ne pas bien maîtriser les concepts qu'il emploie. C'est la raison pour laquelle, pour devancer toute critique, il agrémente son discours d'expressions ordurières. Que cherche-t-il à prouver ? Qui l'écoute ? Je me redresse et m'assieds bien au fond de ma chaise, mais rien n'y fait, j'ai toujours mal.

Une joute. Je tente, en silence, de les écouter s'affronter. Je ne suis pas certain d'y arriver. C'est un vieux numéro de cirque. Je l'ai déjà vu cent fois. Julie est contre moi, un sourire en coin. Elle a l'air de participer. Je lutte pour ne pas abandonner.

Une clameur mêlant approbation et rejet couvre la voix de Charlotte. Je me réveille et me redresse en écarquillant les yeux. Je pose les mains sur la table et m'enfonce à nouveau dans mon dossier.

« Quelle logorrhée ! C'est insupportable… »

La revue doit être bouclée dans une semaine et personne ne sait encore quel en sera le contenu exact. Comme à l'accoutumée, Arnaud mettra tout le monde d'accord à la fin, tranchera dans le vif et en profitera pour exclure du collectif une ou deux « grandes gueules ».

Arnaud Bertin est le directeur, et cofondateur, de *La Jouisseuse*, revue littéraire, poétique et philosophique. Fils d'enseignants, il a connu il y a trois ans un certain succès à l'occasion de la sortie de son deuxième roman. Il garde un fort ressentiment à l'égard des critiques qui lui sont adressées par de nombreux universitaires et ne se prive jamais de qualifier de « trop sages » ou de « scolaires » leurs écrits.

J'écoute d'une oreille distraite la discussion dériver. Philippe me lance des regards à la fois amusés et exaspérés. Plus je regarde ces gens, plus je me demande ce que je fais parmi eux. Je pense au temps perdu en leur compagnie ces dernières années.

Julie, contre moi, bâille. Il est tard. Je dois la

raccompagner chez elle. Nous avons choisi (plutôt elle, mais elle dit que c'est moi) de ne pas vivre ensemble, bien que nous formions un couple depuis six ans déjà.

Je laisse la discussion à son train-train. Je ferme les yeux. Je me sens partir lentement. Je cherche une pensée agréable mais elle ne vient pas.

En ouvrant les yeux, je vois Philippe m'observer d'un air amusé. Nous avons rejoint la revue ensemble. L'un de ses amis était un proche d'Arnaud. Philippe et moi étions camarades de classe à l'école primaire. Séparés au collège et au lycée, nous nous sommes retrouvés par hasard en hypokhâgne au lycée Chaptal. Nous ne nous sommes plus quittés depuis. Alors que je préparais l'agrégation, il intégrait l'IPJ après une maîtrise de lettres. Aujourd'hui, il travaille sur TV5 et fait des piges dans la presse généraliste.

Pendant longtemps, je n'ai pas regretté de ne pas avoir fait comme lui. Il travaillait beaucoup et avait peu le temps pour écrire. Mais finalement, il connaît plus de monde que moi et je n'écris pas tellement. Je ne le vois plus très souvent, il est devenu un proche d'Arnaud. Il est une sorte de secrétaire de rédaction officieux de la revue et s'est rendu utile l'année dernière lorsqu'il a fallu changer d'imprimeur et négocier de nouveaux tarifs. Il sait se montrer à la fois discret et technique sur les questions de mise en pages, à propos desquelles je n'ai rien à suggérer.

Mes propres textes ne soulèvent pas autant de passions. On aime ma touche romantique désabusée, mais je vois bien que plus personne ne m'attend. Je n'ai plus aujourd'hui de relations véritablement amicales avec les membres de la revue. C'est le chant du cygne. Les nouveaux numéros paraissent à distance de plus en plus espacée. Chacun se désengage progressivement et réserve ses meilleures interventions à d'autres surfaces plus visibles. *La Jouisseuse* aura au moins servi de tremplin à Arnaud. Elle n'a malheureusement pas assez d'envergure pour porter plusieurs personnalités.

La réunion n'est pas terminée, mais nous décidons avec Julie de rentrer. Je me jure de ne plus jamais revenir. Il me faudra bien trouver un autre chemin à prendre.

Sur la route, je lui propose de venir chez moi. C'est plus près. Elle râle. Elle n'aime pas dormir chez moi. Elle préfère son lit à elle. Je la raccompagne au bas de son immeuble mais je ne monte pas. Elle fait celle qui ne comprend pas. J'utilise le même argument qu'elle. Du reste, demain, je me lève tôt. Je commence à douter. À quoi bon chercher à avoir raison ? Au fond, dormir chez moi ou chez elle, ou n'importe où, m'est égal. Pourtant, je n'ai plus envie de céder. Sans chercher à lui répondre, j'appuie sur l'accélérateur et hurle :

« On s'appelle ! »

Au milieu des années quatre-vingt-dix, mon père achète dans un immeuble de la porte Champerret un deux-pièces pour réaliser un investissement immobilier. Je l'occupe pendant un an avant de devoir le quitter car il souhaite le louer. Mais il n'est pas nécessaire de mettre la cave à disposition du locataire. J'y dépose donc tous mes documents, mes papiers, mes cours, mes premiers manuscrits et de vieux cartons.

J'ai déménagé près d'une dizaine de fois depuis l'âge de vingt ans. Je ne garde presque rien. Année après année, j'entrepose dans cette cave les choses dont je ne veux plus m'encombrer. Les objets s'accumulent. Je les conserve dans l'espoir de m'en servir à nouveau un jour prochain, pour un usage encore inconnu, mais ce jour n'arrive pas. Lorsque j'effectue un rangement supplémentaire, je consulte parfois mes vieux souvenirs. J'éprouve alors un bref sentiment de nostalgie. Je contemple quelques instants de vieux objets ou des documents sauvés de la poubelle. Mais la nostalgie est finalement lassante. J'aime ne pas y revenir et m'imaginer avoir un présent suffisamment riche pour ne plus jamais m'occuper du passé.

Avec le temps, mes affaires s'entassent les unes au-dessus des autres et les unes devant les autres. Des cartons contenant des documents de ma période lycéenne sont là, au fond, dans un coin. Je ne peux y accéder sans vider une partie importante de la cave dans le couloir. De vieilles cassettes audio, dans un sac tellement lourd, je n'ai même plus d'appareil pour les écouter. Ma première guitare électrique, copie de Stratocaster et si fausse. Des papiers, des montagnes de papiers. Des pièces de monnaie européennes qui n'ont plus cours.

J'enjambe les derniers cartons sans les sortir. Dans une grande caisse, je trouve des cahiers de classe de l'époque du lycée et du collège. Il y a aussi une boîte à chaussures sans couvercle. Je la sors afin de mieux en examiner le contenu sous l'éclairage du couloir. Des pin's, des photographies de camarades de classe avec moi, un ticket d'entrée pour Disney World en Floride datant de 1987, un autre pour le concert de Michael Jackson au Parc des Princes en 1988. Ai-je réellement eu du plaisir à participer à ces activités ? Qui m'y a traîné ?

Tiens !? La petite main jaune « Touche pas à mon pote » au milieu d'autres badges. Il y a aussi des lettres, de ma mère surtout, et de quelques amis.

Je décide d'emporter la boîte chez moi.

Allongé sur mon lit, j'en fouille à nouveau le contenu. Il n'y a rien pour éclairer le souvenir fugace de l'autre soir. Je laisse assez rapidement la boîte de côté. Je garde entre mes doigts la petite main jaune et je répète plusieurs fois dans ma tête le slogan. Je regarde par la fenêtre dans le vide, le plus loin possible. Les rues sont calmes, nous sommes dimanche. Le visage d'un enfant apparaît dans ma mémoire. Son nom vient ensuite : Louis Pujalte. Je ferme les yeux et tout me revient.

C'est un jour de lycée comme les autres. L'ennui est irrépressible. Les secondes durent des heures. La prof marmonne son cours et se plaint des programmes trop lourds :

« Nous n'en sommes toujours pas à la Première Guerre mondiale. Nous n'aurons sûrement pas le temps de faire la Deuxième. Tant pis ! On nous demande de faire en un an ce qu'on faisait avant en deux. De toute façon, je vous passerai un film, *Nuit et brouillard*, ainsi vous apprendrez l'essentiel de ce qu'il faut retenir.

– On l'a déjà vu, madame, l'année dernière, avec madame Teboul, dit Florian Lacazes.

– Ah bon ? Vous l'avez tous déjà vu ? »

Quelques timides non résonnent.

« Mais si ! Tu l'as vu, Jérôme ! Tu étais avec nous l'année dernière ! hurle Tiphaine.

– Alors là, aucun souvenir ! »

Les élèves commencent à s'agiter.

44

«Bon ! de toute façon, ça ne peut pas faire de mal de le voir deux fois. Surtout si vous avez déjà oublié», dit-elle en fusillant du regard Jérôme Leroy.

Soudain, la porte s'ouvre. Un élève se tient dans l'embrasure. *Madame Bovary* s'ouvre sur une scène semblable. On la trouve dans tant de fictions. Quelle épreuve cela doit être pour celui qui la vit ! C'est un garçon au visage pâle. Il a l'air étriqué, il est petit. La scène n'a toutefois pas lieu comme dans le chef-d'œuvre de Flaubert. Les autres ne sont pas sortis de leur torpeur en le voyant. Le nouveau n'est pas accompagné du directeur. On ne s'embarrasse plus aujourd'hui de ce genre de cérémonial. Il dit simplement d'une voix faible qu'il est dans notre classe. Ce à quoi une sourde bronca de mécontentement des élèves répond. Thomas Ducol a l'air vexé : un nouvel élève dans «sa» classe sans qu'il en ait été averti ! La prof elle-même fait une drôle de moue. Loin de l'accueillir avec diligence, elle l'invite à s'asseoir d'un revers de la main. Elle pousse un grand soupir d'exaspération. L'administration ne fait vraiment pas son travail. Pourquoi n'a-t-elle pas été prévenue ?

«Quel est votre nom ?

– Louis Pujalte.

– Comment ?

– Louis Pujalte», dit-il d'une voix tout aussi faible.

Elle ne le fait pas répéter une deuxième fois et écrit ce qu'elle croit avoir entendu. L'administration corrigera, s'il y a lieu.

Son apparence de petit garçon est désuète. Il porte un pull en laine marron. Son col en V laisse deviner une chemise à carreaux. Son cartable trop lourd est aussi démodé. Nous avons tous des sacs à dos, Hervé Chapelier pour les plus aisés dont je fais partie. Il s'assied en silence et ne regarde personne dans les yeux. Le cours reprend dans l'indifférence.

J'observe d'un œil le nouveau les bras ballants devant une table vide. Puis il dispose face à lui une petite trousse en laine. Pourquoi nous impose-t-on un énergumène à l'apparence si coincée ? Son visage est sec, famélique. Ses gestes sont gauches. Il a de l'eczéma autour des narines. Il écrit en tortillant son stylo plume comme un enfant. Personne ne va s'empresser de lui adresser la parole avant plusieurs jours, peut-être des semaines.

Dans la cour de récréation, Aymar de Faucigny vient à ma rencontre avec l'un de ses amis. Nous nous sommes connus quelques mois plus tôt dans une soirée et avons vaguement sympathisé. Son père travaille dans une société de production pour la télévision. Il se targue d'avoir des relations et, d'une façon ou d'une autre, de venir du même monde que moi. Je lui dénie ce fait intérieurement. Mon père se fait du cinéma français et de son travail une idée autrement plus estimable. Jamais il ne s'abaisserait à travailler pour la télévision. Cette idée ne cesse de me tarauder en présence d'Aymar. Elle fait naître en moi un sentiment de culpabilité. Or, ce senti-

Il me faut attendre une minute pour arriver à le faire se lever. Puis il commence, enfin :

« "La rue sourdissante autour de moi hurlait." »

Rires dans la classe. Plusieurs « a » se répètent dans le bruit.

« Silence, dit Rudy en mimant un air sérieux, puis il éclate de rire.

– C'est "assourdissante", Rudy. C'est un préfixe, on l'a vu en cours. Reprends.

– "La rue assourdissante autour de moi hurlait. Longue... mince..." »

Il prend son temps, semble chercher ses mots :

« Bonne, quoi ! »

Rires immédiats, l'effet est imparable.

Plusieurs filles huent. Je perds le contrôle. Pourquoi ai-je choisi ce poème ? Il est beaucoup trop difficile pour eux, j'aurais dû leur proposer une chanson ou un texte de Prévert comme le font les collègues.

« Reprends, Rudy !

– Je reprends où ? À "longue" ?

– Oui, dis-je en abandonnant.

– "Longue, mince, en grand deuil, une femme..." »

Rudy insiste grossièrement sur « femme », puis s'écroule de rire. Toute la classe part en délire. Je suis obligé d'intervenir. Je crie pendant cinq minutes. Je me défoule pour avoir l'air convaincant :

« Rudy, zéro !

– Quoi ?! »

ment m'étant désagréable, je ne peux m'empêcher de le retourner contre lui.

C'est toujours en connaisseur avisé qu'Aymar s'adresse à moi. Avec un air entendu, il me parle de son ami, Jonathan. Lui non plus n'est pas dans la même classe que moi. Cependant, nous avons été ensemble en cours de latin l'an passé, je n'ai alors jamais pensé à lui adresser la parole. Il arbore un beau tee-shirt Town & Country vert et rose. Mon père doit forcément connaître le sien, Aymar en est certain. Mais que veut dire « connaître » dans ce milieu ?

Fatigué de ce snobisme et de ces mondanités, je reporte sur ce garçon ma colère d'avoir à supporter le complexe de supériorité de mon père.

« Oh non... je ne pense pas, lui dis-je d'un air détaché.

— Mais si, ils se sont rencontrés au festival d'Avoriaz au mois de septembre.

— Mon père croise beaucoup de gens, dis-je en regardant au loin.

— Ils ont parlé ensemble du film projeté ce soir-là, *Baxter*. Mon père a travaillé à son exploitation pour MK2, insiste Jonathan.

— Non, ça m'étonne. Les films d'épouvante l'ont toujours horriblement ennuyé... S'il est allé voir ça, c'est qu'il n'avait vraiment rien d'autre à faire. »

Je parle le plus fort possible tout en m'éloignant de mes interlocuteurs. Bien sûr, je mens bêtement. Mon

père est bien capable d'aller voir les plus grosses conneries en avant-première, pourvu qu'il y ait « du monde ».
En tournant la tête, je regarde autour de moi pour voir
si l'on m'a entendu fanfaronner. Aucune fille à l'horizon. Déçu, je rentre en classe.

Notre professeur de français, monsieur Le Calvez, est
très aimé des élèves. Il essaye de nous éveiller à une
appréhension de la culture non exclusivement scolaire.
Cela fonctionne bien, nous sommes plutôt privilégiés.
Mais seulement un temps, jusqu'au retour à la dure réalité des notes. Certains jouent le jeu plus que d'autres. Ils
se révèlent être de talentueux écrivains en herbe.
D'autres, bien sûr, aussi bien parmi les bons élèves que
parmi les plus faibles, se contentent du minimum syndi-
cal, les devoirs, les notes. Je privilégie pour ma part une
position de semi-retrait. Je suis observateur. Mes lec-
tures ne sont pas celles de l'école.

Nous devons réciter le poème de Baudelaire sur
lequel nous avons planché en commentaire composé la
semaine précédente, « À une passante ». Le poème est
très bien passé auprès des élèves. Nous nous identifions
au narrateur. À l'âge de nos premiers émois, ce poème
de la ville et du désir ne peut qu'avoir une résonance
particulière en nous. Quelques élèves, surtout des filles
d'ailleurs, l'ont bien appris et ont la prétention d'en
proposer une lecture singulière.

C'est pourtant Louis Pujalte, le nouveau, qui est interrogé.

Immobile derrière sa table, il entonne le premier vers d'une voix fluette et monocorde. Il s'interrompt au milieu du deuxième vers, se reprend, s'arrête encore. J'ai mal pour lui. Il se décompose à vue d'œil. Son mal-être est insupportable. Les mots n'ont plus aucun sens.

« "Une femme passa..." »

Passa comment ? Nous ne le saurons jamais. Le professeur intervient :

« Nous allons éteindre la lumière, cela devrait vous aider. »

Dans l'obscurité d'un matin d'hiver, Pujalte tente à nouveau sa chance. Peine perdue. Les élèves rient. Son incapacité est décuplée par un texte dont le sens lui est si évidemment inaccessible. Monsieur Le Calvez met un terme au supplice sans attendre la fin du premier vers. Il rallume la lumière et interroge un autre élève.

Cette mise à l'épreuve est-elle faite pour libérer un élève trop coincé, trop fermé ? L'autorité scolaire peut-elle à la fois prétendre libérer et évaluer les élèves ?

Chez moi, j'observe de ma chambre nos voisins. Mon bureau est face à la fenêtre et je suis censé y faire mes devoirs. J'aime lire et vais peu au cinéma. C'est le monde de mon père. Lui-même n'est pas cinéphile mais c'est son métier et il ne me fait pas rêver. Mon regard se perd vers l'extérieur. Mon père me croit le plus souvent

en train d'étudier avec passion. Mes résultats sont, si ce
n'est excellents, du moins plutôt bons. J'allume la radio.

Seul, je laisse défiler les actualités depuis peu diffu-
sées toute la journée :

«... devant les militants de son parti réunis à
Marseille, monsieur Jean-Marie Le Pen a fait hier soir un
discours fixant les orientations majeures pour, je cite,
"bâtir la renaissance de la France et éradiquer la déca-
dence". Il souhaite rendre à l'État sa fonction straté-
gique, réveiller la vitalité démographique, défendre tous
les citoyens français et relancer la croissance économique. Voilà les intentions du futur candidat, qui a
adopté une nouvelle coupe de cheveux et qui semble
avoir atténué la rudesse de son langage. Restent les actes
et le comportement de ses partisans...»

Le ronron de la parole des journalistes me repose.

Le cours est confondant d'ennui. Pourquoi n'ai-je pas fait allemand ? me dis-je en classe d'espagnol. La prof, madame Rossignol, est une grosse rousse contente d'elle-même. Elle ne fait pas vraiment cours. Elle se contente d'alimenter en espagnol une conversation stérile à laquelle j'évite autant que possible de participer. En ce domaine, je ne peux pas égaler le nouveau. Devant, sur le côté, il est invisible.

Le sujet du jour vient de dériver sur l'islam. Stéphanie Abitbol s'empresse d'affirmer avec pugnacité que l'Inquisition, c'était pire.

« Ça a eu lieu il y a cinq cents ans ? Et alors ? »

Madame Rossignol nous raconte son voyage en Égypte et l'épisode cocasse qu'elle y a vécu avec quelques amis. L'une des membres de son groupe de voyage, habillée en débardeur léger, épaules nues, s'est fait cracher dessus par un passant âgé, en pleine rue. Notre professeur de conclure :

« C'est normal. »

Elle engage ensuite un discours sur le respect des différences culturelles. Des élèves approuvent avec vigueur. D'autres ne disent rien. J'adhère plutôt au commentaire du professeur. Cela m'ennuie car j'aurais aimé ne pas être d'accord avec elle.

Dans cette harmonie générale, une petite voix faible se fait entendre :

« Et donc, en France, si je vois une femme en boubou, je lui crache dessus ? »

C'est Louis.

Nous n'avons presque jamais encore entendu le son de sa voix. La sonnerie vient de retentir. L'attention des élèves n'est plus à la discussion. Ils rangent leurs affaires, il y a du bruit. Madame Rossignol entend distinctement sa remarque, mais feint de l'ignorer. Elle paraît troublée. Deux ou trois autres élèves réagissent vigoureusement :

« Mais non. Ça n'a rien à voir !... »

L'allure de pauvre type de Louis ne plaide évidemment pas en sa faveur. Les élèves sortent et ne se soucient plus de rien. Il range son cartable, tête baissée. Stéphanie le fixe, immobile ; son regard est traversé par la haine.

La petite main jaune est toujours dans ma main. Il est tard. J'ai balayé du regard des souvenirs épars.

Je pensais avoir tout oublié. Je cherche à la ranger avec le reste des objets dans la boîte à chaussures. Mon portable sonne, c'est Farid. Je pose le badge sur ma table de nuit et décroche l'appareil.

La dictée est un exercice apaisant pour un professeur de français. Pendant quelques minutes, j'obtiens un peu de calme et tous les élèves écrivent. Je ne sais pas s'ils travaillent, ni s'ils progressent. C'est une évaluation, pas un exercice. Les « bons » élèves le sont déjà, les « faibles » le restent.

Mes dictées sont préparées. S'ils révisent un peu chez eux, ils obtiennent une meilleure note. Il devient plus facile de les différencier sur une échelle de 1 à 20. Mais ne nous y trompons pas. Si je propose la même dictée une semaine après, je retrouve les mêmes erreurs.

Sinon, que faire ? M'a-t-on appris autre chose ? Les parents d'élèves peuvent-ils comprendre autre chose ?

Alors je m'y plie moi aussi. Tout le monde, élèves, parents, administration, accorde à la dictée une importance cruciale. C'est un exercice respecté. Il met d'accord ceux qui ne sont d'accord sur rien. Il donne l'impression de travailler et d'avancer. C'est comme une vieille frontière entre deux États en guerre. Après les affrontements, on y revient toujours. Chacune des deux parties l'accepte comme le strict minimum, en attendant la prochaine guerre à la génération suivante.

Ces vingt minutes de silence ne sont pas un luxe.

« "Il inclinait légèrement sur l'oreille son chapeau à haute forme assez défraîchi, et battait le pavé de son talon. Il avait l'air de toujours défier quelqu'un, les passants, les maisons, la ville entière, par chic de beau soldat tombé dans le civil." »

Les phrases de Maupassant sortent de ma bouche avec lenteur. Je les répète machinalement, le regard porté au loin par la fenêtre. Je ferme les yeux un instant. L'image me revient : une jeune fille brune traverse la rue en pleurant. Qui est-elle ? La lumière est intense. J'entends des cris. Un bus remonte vers moi. J'ai peur, mais l'effroi n'est plus le même. Je cherche à reconstruire mon souvenir. Ça ne va pas.

A-t-il un lien avec Louis ?

« Monsieur ? Monsieur ? Vous pouvez répéter la dernière phrase ?... »

Je reviens au présent et reprends la dictée. Le bruit de la classe gronde faiblement. Je ne dois pas le laisser me submerger.

« "C'était une de ces soirées d'été où l'air manque dans Paris. La ville chaude comme une étuve paraissait suer dans la nuit étouffante." »

On frappe à la porte. C'est Mehdi. Il est encore en retard. Sous les rires, il va s'asseoir et ne se presse pas

55

pour sortir ses affaires. Je lui dis de prendre la dictée en route, ce qu'il ne fait évidemment pas. Les élèves se retournent, s'agitent. Il est maintenant impossible de retrouver le calme.

Je m'arrête quelques instants pour les apaiser. Je reprends la dictée, lentement, la voix posée. Je crois obtenir le silence. Des voix montent. Au début, c'est imperceptible, un chuchotement furieux. Des élèves s'invectivent autour de Mehdi. Je les fais taire une première fois. C'est insuffisant. Les bruits reviennent, de plus en plus forts :

« Connasse !

– Silence ! On se tait ! dis-je, résolu.

– Mais c'est lui, monsieur !

– Silence ! »

Je perds une bonne minute en dialogue inutile.

Je termine la dictée, il était temps, et ramasse les copies dans un bruit infernal. Les élèves se relâchent après vingt minutes de concentration.

Je décide d'enchaîner. Je ne veux pas les laisser trop longtemps à leur aise. Nous commençons une explication de texte. Je me contente de les interroger oralement, par écrit, la mise en route serait trop longue.

Je pose une première question simple. Des élèves répondent n'importe quoi, puis la bonne réponse finit par venir. Je la reprends et explique. Le bruit ne faiblit pas pour autant. Ils ne veulent plus travailler. Comme s'ils avaient tout donné avant. Je décide alors d'interro-

ger les élèves un par un. Une partie de la classe se remo-
bilise. Après quelques échanges, je réussis à capter leur
attention.

Sofiane est sur le côté, silencieux. J'essaie de l'intégrer
au groupe. Il ne dit rien, ne sait pas, regarde ailleurs.
Les autres élèves n'ont pas la patience d'attendre. Le
bruit s'intensifie et je suis sur le point de les perdre à
nouveau. C'est bientôt la fin du cours. Des tirs de
gommes fusent. J'insiste avec Sofiane. Il murmure deux
ou trois phrases. Il me donne l'impression de ne rien
comprendre, pas même la question que je pose, pas
même le sens de l'exercice. Il ne sait pas tricher, broder,
baratiner, comme savent le faire les « bons » élèves. Son
blocage est total.

Je me tourne alors de l'autre côté de la salle d'où vient
le bruit. J'essaie d'attiser leur curiosité. J'obtiens un peu
d'écoute et quelques réponses. Le vacarme provient
maintenant du groupe précédent. Je ne les interroge
plus, ils chahutent. De nouvelles invectives et insultes
fusent. Je ne les relève pas pour ne pas leur donner trop
d'importance.

« Je demande le silence ! »

Le ton baisse, le calme revient un instant. Soudain,
venue de nulle part, une phrase dans mon dos trans-
perce la classe :

« Arrête de faire ton juif ! Gros fils de pute ! »

Je reste figé. Je reprends mes questions. Je n'ai rien
entendu. Les élèves rigolent en faisant « oh » avec leurs

bouches. Je continue le cours. Je n'entends plus leurs réponses. J'essaie de me défendre dans ma tête. Il n'y a pas d'élèves juifs dans cette classe. Enfin, je crois... Personne n'a été humilié.

Mais il y a autre chose. Je sais ce qui m'immobilise. Je ne veux pas me l'avouer. Je sais d'où viennent ces insultes. C'est Sofiane. Il ne parle jamais. Or il a proféré cette ignominie avec une violence de ton implacable. Je ne regarde plus dans sa direction. Les autres élèves ont visiblement abandonné. Ils s'amusent à nouveau entre eux. Je pourrais enfoncer le gamin devant tout le monde. Je choisis de ne pas le faire.

Ça sonne. Je suis libre. Les élèves sortent dans une bousculade effrénée. À bientôt, oui.

Dans l'après-midi, je marche dans le couloir vers la salle des professeurs. Je croise Verchère. Il saute sur l'occasion pour me demander de le suivre dans son bureau. Il a semble-t-il eu vent de l'affaire. Je l'écoute sans rien dire. Je ne veux pas essayer de me défendre. Des élèves en ont parlé à madame Houari en cours d'espagnol. Elle voulait venir me trouver pour en parler, mais, ne me voyant pas, elle est tombée sur lui et lui a raconté. Il est un peu dérangé par mon absence de réaction. On en vient à parler de Sofiane. Il vit seul avec sa mère. Les professeurs n'ont rien eu à dire de lui jusqu'à présent. Il n'a jamais causé de problèmes. Il ne parle pas, n'a pas d'amis, ses résultats sont faibles et constants.

Serait-il victime de harcèlement ou de racket? Il a le profil, selon Verchère.

Je n'ai rien vu de tel. Bref, après cette longue discussion, il décide d'enterrer cette histoire. Il faut prendre rendez-vous avec la mère, pour comprendre comment ça se passe à la maison. Sans lui parler au départ des insultes, elle risquerait de se méfier et de ne pas se livrer. Mais cela ne doit pas se reproduire, sinon il faudrait sévir.

Je sors du bureau. Je n'ai plus d'énergie. Le temps passe. J'essaie de me dégager, de lâcher prise. Mais plus je me dégage, moins je contrôle la situation et plus je me fais rappeler à l'ordre comme un enfant.

Je n'ai pas cours le jeudi matin. Je me lève à neuf heures et reste abruti de sommeil pendant une bonne heure. Le souvenir m'obsède. S'agit-il d'une invention de mon imagination à partir de souvenirs enfermés dans ma mémoire ?

Au ralenti, je branche le grille-pain, mais m'aperçois alors de l'absence de pain. C'était déjà le cas hier. J'allume la radio et ouvre le robinet de la douche pour passer d'abord la tête sous l'eau froide :

« Journée sans classe au collège Paul-Éluard en région parisienne. Grilles fermées à cause de la violence scolaire, après l'agression dont a été victime la principale du collège, mercredi. Un élève l'a frappée et jetée à terre pour un motif inconnu. Il y a effectivement depuis la rentrée scolaire une certaine dégradation au niveau de l'établissement, les enfants sont plus stressés, peut-être un peu moins respectueux qu'ils n'étaient. Réunis en commission, les enseignants ont demandé le classement de l'établissement ZEP, au titre du dispositif APV. Cette après-midi, le ministre chargé de l'enseignement scolaire s'est rendu au collège et a immédiatement répondu à leur demande. »

J'essuie lentement chaque recoin de mon corps. Je décide finalement de profiter de cette matinée libre pour retourner dans mon ancien lycée. Il m'est arrivé de passer devant – assez rarement –, mais je n'ai jamais eu l'idée d'y entrer. Et pour y faire quoi d'ailleurs ?

Devant le bâtiment, je ne ressens aucune émotion particulière. La façade est laide, comme celle de la plupart des édifices scolaires. Je monte les marches et sonne chez le gardien. Celui-ci m'ouvre sans problème, mais, à peine entré, s'interpose et me demande ce que je veux. Je n'ai prévu aucun scénario. Ce qui m'a fait venir ici n'a aucune justification. Qui pourrait me donner des informations sur l'époque que j'ai connue ?

Spontanément, j'invente une histoire. Je suis professeur de lettres modernes et je souhaite demander ce collège au prochain mouvement intra-académique. Je veux rencontrer le personnel enseignant, éventuellement le principal ou son adjoint, pour collecter quelques renseignements sur l'établissement. Le gardien ne bronche pas et me laisse passer en faisant un simple signe de la tête.

Je m'enfonce dans les couloirs. Tout a l'air plus petit. C'est une banalité de le dire. Les murs sont repeints. Une vieille odeur de javel plane. Il n'y a aucun bruit, nous sommes en pleine heure de cours.

61

Je suis devant la salle des professeurs. Je n'y étais jamais entré. Trois enseignants, chacun dans son coin, semblent affairés à lire ou à écrire. Je ne dis rien. Le bureau de l'adjoint, mitoyen, est ouvert. Une secrétaire est derrière son bureau. Je lui demande directement si elle sait où l'on peut trouver les archives de l'établissement.

« Les archives ne sont pas accessibles sans autorisation. Que cherchez-vous ?

– Je souhaite simplement retrouver la trace de mes anciens camarades. »

Elle n'objecte rien quant à ma présence.

« En tant que quoi ?

– Pardon ?

– Quel est le motif de votre recherche ?

– C'est une recherche personnelle. »

Je n'ai pas envie de lui expliquer mon souvenir soudain et inexplicable, ni de raconter ma venue sur un coup de tête. Je commence à trépigner et regarde partout autour de moi. Le son de sa voix aiguë m'insupporte. Je lui envoie un « Bon, tant pis » nerveux, et pars agacé.

Elle me dit dans le dos quelque chose que je ne comprends pas. Au bout du couloir, j'arrive dans un cul-de-sac. Je ne reconnais plus rien. Mon portable sonne. Le secrétariat de mon collège souhaite savoir si je suis disponible mardi prochain pour un conseil de discipline.

Encore des heures réjouissantes ! Je dis oui et raccroche rapidement.

Je reviens sur mes pas, passe devant le bureau et continue jusqu'à l'escalier. Une jeune femme m'interpelle alors simplement :

« Si vous voulez retrouver d'anciens élèves, il y a Internet. Facebook, Copains d'avant, ça marche très bien ! » dit-elle d'un ton ironique en me regardant comme si j'étais un demeuré.

Je la regarde sans rien dire. Après un temps d'absence, je file. Je n'ai aucun passé ni aucune histoire. Pourquoi suis-je venu ici ? Il n'y a rien à explorer. Je marche pendant cinq minutes puis je m'arrête soudainement. Je suis venu en moto. J'ai oublié. Je rebrousse chemin.

Le bruit de la rue me rassure. Une époque sans histoire ne laisse aucune trace. J'aperçois au loin des élèves sortir du lycée. Ils sont tous pareils, interchangeables. J'enfourche ma moto et démarre. Le grondement du moteur me réconforte. Je m'oublie, je vais mieux. Mon corps se détend, les images reviennent.

Nous sommes en classe en train de discuter. Le professeur n'est pas là. Louis, le nouveau, est assis seul, le cartable sur les genoux. Il a sorti un livre et le lit dans l'indifférence générale.

« Guillaume est allé au concert de George Michael hier.

– C'était où ?

– Je ne sais pas. À Bercy, je crois, ou au Zénith.

– Il aime ça, George Michael ?

– Oui. Il paraît que c'était super. »

Jérôme Leroy porte un beau blouson Oxbow tout rose. Il en a l'air content. Dan s'approche de lui les yeux brillants et l'attrape par le col.

« Combien ? »

Je me détourne, regarde autour de moi et m'approche de la table de Louis.

« Qu'est-ce que c'est ? dis-je en retournant son bouquin pour voir la couverture.

– C'est la biographie d'un chef d'orchestre », dit-il, étonné, sans m'empêcher de lui prendre son livre.

Sa voix est aussi retenue que lorsqu'il parle à un professeur. Son visage est rouge. Je lui rends son livre après quelques instants de négligente curiosité. Il ajoute alors :

« En fait, ce n'est pas une biographie, mais des entretiens où il parle de sa vie… »

Il s'interrompt car je n'écoute déjà plus. Je lui tourne le dos pour retrouver des camarades plus amusants.

Pourtant, tout en parlant aux autres, je continue à penser à lui. Pas à ce qu'il m'a dit, mais à sa tête, sa petite raie sur le côté, son petit pull bleu ciel, la peau sèche de son visage. Comment peut-on à ce point ignorer les convenances de la communication ? Il semble avoir mis son corps en quarantaine.

À la sortie des cours, je cherche un peu d'air et de tranquillité. Aymar, avec un large sourire, s'approche de moi. Il est une fois de plus accompagné de son ami Jonathan.

« Julien, tu sais qu'il y a une rétrospective Truffaut au Lucernaire ce week-end ? me demande Aymar.

– Ah bon ?

– Oui, ils passent huit films. Je les ai déjà vus bien sûr, mais c'est toujours l'occasion de s'aérer les yeux avec toutes les merdes qu'on voit aujourd'hui... »

Son ami Jonathan acquiesce d'un large sourire. Il ressemble à une chouette. Sans le regarder, je lui dis :

« C'est où déjà le Lucernaire ?

– Tu ne connais pas ? fait-il, en démarrant une danse de Saint-Guy. C'est une des salles les plus mythiques de Montparnasse !... »

Je l'interromps :

« Truffaut, Truffaut ?... Mais c'est nul, Truffaut ! Tout le monde le sait ! »

Aymar est bouche bée, comme son ami.

M'a-t-on entendu ? Où sont les filles ? Je jette un œil autour de moi. Accoudé au mur, le nouveau me regarde. Un sourire ironique illumine son visage. Pour ne pas lui donner le change, je baisse les yeux. Je fais quelques pas et laisse mes interlocuteurs en plan.

Souvent, en rentrant le soir, j'aperçois Louis. Je le vois marcher dans la rue devant moi. Il ne reste jamais à la sortie pour discuter. Il marche longtemps, bien après les limites de mon immeuble, vers la porte Champerret.

Moi aussi, j'ai tendance à prendre la fuite rapidement. Qui peut vouloir rester dans le lieu de concentration de toutes les violences ? L'abrutissement, l'ennui, les comportements pulsionnels, la hiérarchie, l'initiation au consumérisme sexuel, la racialisation de l'identité, la soumission aux modes..., l'école ne les enseigne pas. C'est pourtant là que cela s'apprend.

Mais je reste, je fais comme les autres. Il faut bien se sentir vivre. Il y a les filles, le cœur qui palpite. C'est par là qu'on nous tient.

Louis balbutie. Chaque mot semble être une conquête. Sa petite tête s'anime. Qui l'eût cru ?

Régulièrement les élèves sont interrogés oralement

sur leur dernière fiche de lecture mensuelle. On se trouve seul sur l'estrade, face à la classe, et il faut parler. Louis passe pour la première fois. Il n'a évidemment jamais été volontaire. Il nous parle d'un roman de Marcel Aymé. Le propos de ce roman semble assez ironique. Pour les élèves, le premier critère dans le choix d'un livre est le nombre de pages, le plus petit possible.

Le professeur filtre les demandes afin d'éviter qu'une même œuvre ne soit prise par plusieurs élèves. Il en profite pour rejeter les choix de livres trop courts. Mais parfois, il n'y pense pas. Alors il s'agace lorsqu'il passe en revue chaque fiche de lecture, une fois rendue, d'un coup d'œil.

« *Un cœur simple* !? C'est tout !? Vous auriez au moins pu lire les trois ! » dit-il à un Jérôme Leroy confondu.

Louis est surprenant. Il me donne l'impression d'être réellement motivé par la lecture du livre présenté, malgré la difficulté extrême de son expression orale. Autrement dit, l'exact contraire des autres élèves. Les bons soignent leur présentation, mais choisissent toujours les mêmes classiques et débitent les mêmes phrases creuses.

Comment a-t-il pu choisir Marcel Aymé ? Qui lit encore cela dans les années quatre-vingt ? et à notre âge ? On ne partage pas vraiment ma curiosité. Ducol bâille, Jennifer tortille une mèche de cheveux frisés. La plupart ont le regard vide, hagard, ou scrutent leur montre.

Stéphanie garde constamment son regard noir droit devant elle. Elle a présenté sa fiche de lecture au début de la semaine : *Jamais sans ma fille* de Betty Mahmoody. Je ne sais pas comment le professeur a pu laisser passer cela. L'année précédente, elle avait choisi *Au nom de tous les miens* de Martin Gray.

Je suis pour ma part interloqué par l'exposé de Louis sur Marcel Aymé. La pénibilité réelle de son expression donne un poids fort à ses mots. Il cite également des références cinématographiques et donne l'impression en bégayant de les avoir réellement vues.

« *Le Passe-Muraille* avec Bourvil... ou *La Traversée de Paris* d'Autant-Lara... Ce sont de grands classiques aujourd'hui... Marcel Aymé donnait la parole aux gens... tels qu'ils étaient... il n'essayait pas de leur faire dire... une idée préconçue... pour véhiculer un message... »

Sa voix s'interrompt régulièrement. Sa timidité l'étouffe. Le professeur l'écoute attentivement. Son corps est penché en avant, immobile.

En conclusion, Louis fait une petite saillie. Il cite « l'écrivain contesté Céline », auteur dont j'ai peu entendu parler à cet âge. Je ne l'ai pas encore lu.

Sur le moment, je n'en pense rien. Ce n'est qu'un garçon essayant de mettre en forme sa conclusion, une précaution oratoire. Je ne cherche pas à comprendre ce dernier envoi. Je n'ai d'ailleurs aucun souvenir de la phrase citée. Alors que le professeur note un commentaire sur son carnet, des murmures agités proviennent de l'autre côté de la salle. Stéphanie devise avec sa voisine de derrière :

« Je te jure que c'est lui qui était collabo…

– Ah bon ?! Ce n'est pas une femme ?

– Mais non ! C'était un collabo, j'te dis ! »

Elle regarde fixement Louis, sûre de son bon droit, la colère dans les yeux. Lui ne remarque rien. Le professeur non plus. La classe reprend son travail comme si de rien n'était.

« Non, je ne le connaissais pas. Tu sais à cette époque, on s'était perdus de vue. Je connaissais quelques élèves de ta classe. Mais lui, non, ça ne me dit vraiment rien. »

Philippe ne m'est d'aucune aide. Il est pourtant aujourd'hui la seule relation conservée de ma jeunesse.

« Tu devrais revoir Olivier Dumont. Il est partout sur les réseaux sociaux.

– Je ne vois pas qui c'est.

– Ou François Kermadec.

– Ah oui, lui effectivement, ça me dit quelque chose.

– C'est le genre de type à vouloir rencontrer tous les anciens. Il a sûrement des informations à te donner.

– Et comment faire pour le retrouver ?

– Eh bien, il serait temps que tu t'inscrives sur Facebook. Crée-toi un profil et entre en contact avec les gens. Ils n'attendent que cela. »

Je suis sceptique. Un long silence s'installe.

« Tu n'as pas l'air d'aller fort ! dit Philippe. Et sinon, comment va ton père ?

— Ça va, fidèle à lui-même. Il m'a parlé de toi justement. Il t'aime bien. Il a senti en toi l'envie de réussir. Il a du flair...

— Il est drôle ton père. Je me souviens quand il nous avait prêté quinze jours sa baraque à Saint-Tropez. On s'était bien amusés. »

Je quitte Philippe et marche seul dans les rues de Paris. Arrivé à hauteur de la Trinité, j'entre dans l'église. Saisi par l'atmosphère sereine, je m'assieds et tente de méditer quelques instants. Je me sens bien, rassuré. Des pas résonnent au fond. Au rythme de leur cadence, les yeux fermés, je laisse se mouvoir ma pensée. L'image du bus roulant vers moi me revient. Pour ne plus y penser, j'ouvre à nouveau les yeux et contemple l'édifice religieux. Pourquoi le seul moment où je n'arrive pas à entrer dans une église est-il l'heure de la messe ? La foule des gens ordinaires me ferait-elle fuir ? Je n'adhère pas à la kermesse des familles nombreuses. Où sont passés le mystère et la beauté ?

Je me suis inscrit sur Facebook. Je n'ai pas pu faire autrement. Il est impossible de le consulter sans soi-même s'y inscrire. J'entre deux ou trois noms dont j'ai le souvenir et, effectivement, je les retrouve. Mieux, en voyant leurs listes d'amis, j'identifie d'autres noms oubliés. Certains semblent venir d'outre-tombe. Le plus drôle, ce sont ces témoignages renouvelés d'amitié : ils ne correspondent pas à la réalité. De nombreux amis sur Facebook sont loin de l'avoir été autrefois. Quel est le sens de cette mascarade ? Certains se réinventent un faux passé d'élève bien intégré et bien dans sa peau. À quoi bon prendre pour ami quelqu'un à qui l'on ne dirait pas bonjour si on le croisait dans la rue ?

Louis n'est pas sur Facebook. Il est comme moi. Il a dû vouloir maintenir à distance ces pseudo-démonstrations d'amitié.

Assez vite, je reçois des messages. On souhaite devenir mon ami. Ce sont surtout des collègues, mes potes de *La Jouisseuse* n'auraient pas l'idée de me joindre ainsi. Ce serait une belle humiliation. Un cousin éloigné dont je me fous m'écrit également ; deux inconnus aussi. Ils ont dû me confondre avec quelqu'un d'autre.

Quelques anciens camarades de classe m'ont contacté. Après un bref échange, nous n'avons plus communiqué. Aucun ne correspondait à la période exacte où j'avais connu Louis. Je suis convaincu que mon souvenir remonte à cette période. Je les garde malgré tout comme amis, quelqu'un pourrait ainsi me retrouver.

Un matin, François Kermadec m'écrit. Je clique sur son nom et, en quelques instants, nous communiquons. Il vit toujours à Paris et propose que nous nous revoyions un de ces jours dans un café. Je n'ai pas beaucoup de souvenirs de lui. D'après moi, il était avec nous en seconde cette année-là. J'ai l'impression d'avancer dans l'inconnu. J'attends quelque chose, mais quoi ?

« Ces élèves ne sont quand même pas faciles. Si l'on ne peut plus les faire redoubler, comment va-t-on s'y prendre pour ne pas continuer à faire baisser le niveau ? » dit Annie Boutin d'un ton paniqué.

Ses yeux exorbités expriment un effroi sincère. Il est rare de la voir à une réunion, entre deux arrêts maladie.

Verchère prend rapidement la parole afin de recentrer le débat. Farid se marre. Il n'a qu'une seule hantise : devenir comme Annie Boutin à son âge. Ça le ronge. Il s'exprime à son tour pour dire l'exact contraire. Tout le monde a compris ce petit jeu fatigant. Personne ne réagit. Sauf Paulo, plus mesuré :

« Il ne faut pas généraliser mais plutôt faire du cas par cas. Le redoublement est très souvent inefficace. Mais il y a aussi les situations de fort absentéisme, avec des enfants qui manquent plus de trente jours dans l'année, que voulez-vous... ? »

Mon portable vibre. C'est François Kermadec. Je m'éclipse furtivement. Dans le couloir, je réponds in extremis à son appel. Nous convenons d'un rendez-vous rapidement. Je respire quelques instants seul. Je n'ai pas envie d'y retourner.

Je retrouve François dans un café au métro Pigalle. Gros blond quand il était jeune, je vois arriver un type plutôt mince, au physique passe-partout. Il est très enthousiaste. Il me donne immédiatement de nombreuses informations sur des camarades de classe. La conversation prend une tonalité d'anciens combattants. Je l'écoute silencieusement. De nombreux noms ne me rappellent rien, d'autres vaguement. Comme je l'avais prévu, il évoque plusieurs individus qui lui étaient parfaitement indifférents à l'époque.

Il est surpris que je ne sois *que* prof, même agrégé, à trente ans passés. Il pensait que je venais d'une famille plus importante, ce qui me permettait d'espérer autre chose de plus valorisant.

« C'est une couverture. L'agrégation est un diplôme respecté. L'expérience en ZEP est une caution morale, une façon de se légitimer, d'avoir été en première ligne. J'ai d'autres projets », dis-je succinctement.

Il me cite le nom d'élèves qui, selon lui, ont bien réussi. Thomas fait du pognon à Londres depuis quinze ans. Stéphanie est une journaliste paraît-il très en vue… Je feins la curiosité et ne souhaite pas m'étendre sur mon cas personnel, surtout pas avec ce type.

François se lance ensuite dans le récit d'un souvenir truculent :

« Tu te souviens d'Hélène de Croicy ? Elle venait d'une famille catho de six enfants. C'est marrant ces cathos, ils ont un vrai réseau social, leurs parents se connaissent tous entre eux, ils sont scouts, se retrouvent à la messe… mais en classe, on ne les voyait pas. Ils fermaient leur gueule. Eh bien, tu te souviens de Frédéric Larger ? C'est lui qui l'a dépucelée en première, c'était à la soirée d'Olivier Thomas. Tu ne te souviens pas ?

– Non.

– Mais si ! Tu étais là toi aussi !

– Tu es en train de me dire que tu te souviens de toutes les soirées du bahut ?

– Ben… ouais… Je crois, oui ! Pas toi ? »

Je reste interdit. La discussion continue… d'autres dépucelages. J'apprends qui a couché avec qui. François est possédé. C'est d'autant plus étonnant que lui n'a, selon moi, couché avec personne à cet âge-là.

Je suis fatigué. Il me raconte un tas d'anecdotes et de détails. J'ai droit aux souvenirs musicaux, les tubes débiles censés illustrer notre jeunesse. Il les chante parfois. Il a l'air heureux. Quelle plaie ! S'il y a bien une chose que j'exècre, ce sont les chansons d'avant, construire son identité culturelle sur une telle camelote. Je suis consterné.

« À l'époque, le film des Doors venait de sortir. Tu te souviens ? On écoutait tous les Doors. Enfin, moi, je connaissais déjà. C'est une musique dont j'étais très proche depuis longtemps, dit-il sérieusement. Plein de cons se sont mis à les écouter du jour au lendemain ! »

Il rit seul.

« Moi, je n'ai pas encore commencé. »

Ma réponse jette un léger froid. J'en ai assez.

« Sérieux ? Mais comment tu fais pour passer à côté de ça ?! C'est la période musicale la plus passionnante !

– Je m'en passe. Ce n'est pas trop difficile, je ne me plains pas. »

J'apprends finalement qu'Hélène de Croicy milite aujourd'hui au Front de gauche. Tout fout le camp. Je ne vois toujours pas qui est cette Hélène. Je ne dis rien et continue à subir sa pénible litanie.

Je profite d'un blanc pour raconter mon souvenir. Il n'est malheureusement pas assez précis. Une fille brune pleure en traversant la rue. Un bus manque de la renverser. C'est trop vague.

« Alors, ça ne te rappelle rien ?

– Non. Qu'est-ce que tu veux que je te dise ? Qui vois-tu dans ce flash ? Donne-moi au moins des noms.

– Je ne sais pas. Je n'arrive pas à savoir de qui il s'agit. Tu te souviens sinon d'un garçon, Louis Pujalte ?

– Qui ?

– Louis Pujalte, un petit timide. Il a dû être avec nous en classe de seconde.

– Ah bon ?... C'est drôle, ça ne me dit rien. Mais peut-être... Eh bien, tu vois que tu as des souvenirs ! Mais pourquoi lui ?

– Je ne sais pas. J'essaie justement de savoir pourquoi. Tu ne sais donc rien sur lui ?

– Non. On ne peut pas non plus rester en contact avec tout le monde. Si je ne confonds pas, celui-là, je ne suis même pas sûr d'avoir parlé une fois avec lui. Il a complètement disparu de la circulation. »

C'est incroyable. Je me suis tapé une heure de discussion avec ce type et je vais repartir bredouille. Je suis décontenancé. Je ne parle plus. Je mets un terme à notre entretien, prétextant un rendez-vous chez le médecin. François, toujours aussi heureux, propose de me revoir prochainement. Je n'y manquerai pas...

Je suis chez moi, sur mon lit, perdu. Je n'ai aucune piste et pourtant je ressens un désir irrésistible d'avancer. J'ai l'impression de m'agiter inutilement. La boîte à chaussures est toujours ouverte sur ma table de nuit. Je n'y ai pas touché. Je me redresse et la pose sur un tabouret. J'attrape le petit paquet de lettres. La plupart sont de ma mère. Elle m'écrivait à chaque fois que je faisais un séjour linguistique à l'étranger. Quelques-unes proviennent d'un garçon, Loïc, qui s'évertuait à entretenir une correspondance avec le plus de monde possible. Je le connaissais très mal. Il tenait à m'écrire et je lui répondais des banalités. Je n'avais rien à lui dire.

Au milieu, je retrouve une feuille de cahier d'écolier déchirée. Elle n'a pas d'enveloppe. Je l'avais bien vue auparavant. Je l'avais prise pour une lettre de Loïc égarée hors de son paquet. Son écriture est différente. Elle est brève et maladroite, d'un lyrisme puéril et touchant :

Lettre à J.

J'aimerais te tenir dans mes bras, mais je sais que tu ne le veux pas. Aujourd'hui, je t'ai regardée et tu m'as regardé. En croisant mon regard, tu as baissé les yeux. Pourquoi ? La semaine dernière tu m'as souri. Je n'ai pas compris. Je me fais de faux espoirs. Je n'aime pas voir les autres te faire du mal et j'aime quand tu es heureuse, même si c'est toujours sans moi. Tu es l'image parfaite de la femme nouvelle. Ta beauté éblouit tout ce qui t'entoure. Je pense à toi tout le temps.

L.

D'où vient cette lettre ? Qui l'a écrite ? À qui était-elle destinée ?

J'ai un doute. Ce n'est pas moi. Mais alors, pourquoi est-elle en ma possession ?

C'est l'écriture d'un enfant, ou d'un préadolescent. On est tellement ridicule à cet âge !

« Si elle arrive à travailler un peu tous les soirs, normalement elle devrait progresser. Il n'y a pas de raison que cela ne fonctionne pas pour elle.

– Oui, mais vous savez, c'est difficile. Mon mari est au chômage. Il regarde la télévision tout le temps, et les enfants, en rentrant, ils la regardent avec lui.

– Et vous ne pourriez pas essayer d'aménager une heure sans télévision ?

– Mais moi, je ne suis pas là le soir, je travaille !

– Essayez de faire ce que vous pouvez. Le plus important, c'est de bien s'organiser. N'oubliez pas non plus d'aller voir le professeur de mathématiques pour l'autre problème dont vous m'avez parlé. »

Que dire à madame Joseph pour la rassurer ? D'autant qu'elle a des raisons sérieuses de s'inquiéter. Les difficultés de sa fille semblent insurmontables. Elle bavarde, ne fait aucun progrès. Toutes ces heures passées en classe... Le temps de concentration réel de cette gamine en cours ne doit pas dépasser six ou sept minutes par heure. Et encore... Son professeur d'histoire m'a déjà parlé d'elle. Il est confronté au même problème. Selon lui, les modes, les clips, les jeux, Internet captent tellement l'attention des élèves qu'il ne leur reste ensuite plus un seul neurone disponible pour l'école. Tout est chiant, tout est trop lent, tout est ringard. C'est une théorie intéressante. Mais comment en parler à la mère ? Elle doit elle-même avoir sa part de responsabilité. C'est par l'exemple, toute la journée, que l'on éduque un enfant. D'un autre côté, cela n'a peut-être rien à voir. Peut-être a-t-elle simplement des difficultés cognitives ? Des jeunes surprotégés et cultivés font parfois des élèves médiocres, sans raison. Je préfère ne pas trop m'avancer, lancer des pistes, ne pas la vexer. C'est toujours très délicat.

Nous nous saluons et je ferme la classe derrière elle.

Dans le couloir, je reprends ma respiration et cherche un regard auquel m'accrocher. Les collègues sont fuyants, comme moi avec eux, sans parler de Verchère. Il me lance toujours des piques entre deux cours. Que faire ? Aller quand même le voir pour savoir où il en est avec Sofiane Rachedi ? Son bureau est ouvert. J'entre et lui pose directement la question.

« L'affaire suit son cours, mon cher ami.

– C'est-à-dire ? dis-je, étonné.

– C'est-à-dire que la mère n'a toujours pas daigné répondre à notre courrier ni à nos appels téléphoniques.

– Et vous ne savez pas s'il est possible de passer par le gamin pour la contacter ?

– Dans ce cas précis, j'aimerais éviter. Nous allons voir. »

Qu'attend-il de voir ? Au secrétariat, je demande à Josiane les coordonnées de Sofiane. Je sais où il habite mais je veux être certain.

Je me rends chez lui à pied. J'ai une heure de battement. Ma salle de classe est inoccupée. J'y laisse toutes mes affaires et ferme la porte à clé. Dehors, je suis le chemin de Sofiane à son retour de l'école. Les immeubles de la cité défilent lentement. L'endroit est calme. Il fait beau. Devant la petite entrée, il n'y a personne, il est dix heures du matin. J'entre. Ma poitrine tremble. Je n'ai aucune raison objective de faire ce que je suis en train de faire. J'essaie de me détendre et souffle un peu. À côté des boîtes aux lettres, plutôt en bon état, il y a une liste avec le numéro des appartements. Deux femmes d'âge moyen me tiennent la porte en sortant. Je pousse une deuxième porte sans code ni interphone et monte au septième étage. Le couloir est sombre, il n'y a pas de bruit. Devant l'appartement, j'attends quelques instants. Je tente d'écouter en tendant l'oreille. Le murmure de ma respiration me dérange. Je lève lentement la main et sonne. Pas de réponse. Je recommence en appuyant d'un coup, fortement. Toujours rien. Je m'en vais et retourne à mes cours, je reviendrai une autre fois. Je dévale l'escalier, heureux de n'avoir rien fait.

Dehors, sur les marches du collège, Farid scrute l'horizon. Je passe devant lui et lui fais un signe de la main. Il s'éveille d'un coup et m'alpague :

« Je t'attendais !

– Ah bon ? Que se passe-t-il ?

– En fait, voilà : je voulais savoir si tu peux me rendre un petit service. »

Nous nous mettons en marche. Farid me colle en me tenant par le bras. Sa voix est faible. Il regarde autour de lui avec l'air de ne pas vouloir être entendu.

« Il faudrait que tu dises à Samia qu'hier soir, on était ensemble, toi et moi.

– Pourquoi ? Elle va vouloir me questionner ?

– Non, je ne pense pas. Mais si tu la croises et qu'elle te pose des questions ou qu'elle te fait une remarque, il ne faut pas que tu aies l'air surpris. Tu n'as qu'à dire qu'on était au café à Aubervilliers, celui où l'on va quelquefois… D'accord ?

– D'accord. »

Je laisse un temps de silence, espérant de lui des explications. Il n'a pas l'air de vouloir m'en donner.

« Et sinon, où étais-tu ?

– Oh, écoute ! Il vaut mieux que tu en saches le moins possible si jamais elle se rend compte de quelque chose ! répond-il, agacé.

– Très bien. »

Nous restons immobiles au carrefour. Le petit bonhomme passe au vert, mais nous ne traversons pas. Il repasse au rouge.

« Bon, alors... je peux te faire confiance ?! À bientôt ! », et Farid s'en va aussi sec.

Ce type est obsédé. Je n'ai d'ailleurs jamais compris comment lui et Samia avaient pu se marier et faire des enfants. Elle est professeur d'histoire-géographie dans le même collège que nous. Ils ont fait une demande de mutation groupée. Depuis, Farid s'en mord les doigts tous les jours. À chaque rentrée, il fait son possible pour que leurs deux emplois du temps soient bien différenciés. C'est d'autant plus navrant que Samia n'est pas une femme naïve. Elle a les pieds sur terre et ne se laisse jamais démonter.

Je redoute déjà le moment où elle va me poser des questions, son regard fixe, ses longs cheveux noirs et son air de femme à qui on ne la fait pas. Il m'a pris au dépourvu. Pourquoi certaines personnes sont-elles incapables de se retenir de vous communiquer leurs angoisses, leur stress ? Après tout, je ne lui ai rien demandé. Pourquoi faut-il que je rentre dans son jeu ? Pourquoi faut-il toujours être sympathique avec quelqu'un qui vous met dans la confidence ? Je me fous de ses histoires ! Et je me fous de sa femme aussi ! Elle ne me parle presque jamais. À chaque fois que j'approche de son mari, elle a un regard de reproche, comme si c'était moi qui l'embarquais ! De toute façon, je m'en fous, je n'y pense pas. On verra bien comment les choses se présentent. Quel con !

Après ma dernière heure de cours, j'aperçois Paulo à l'arrêt de bus. Il fume. Il me fait un signe, je vais le voir.

« Alors ? Quoi de neuf ? Pas trop fatigué ?

– Non. Je vais au Parc ce soir. »

Il me parle souvent de sa passion pour le football. Il y allait petit avec son père, je crois. Moi, je ne faisais rien de particulier avec mon père…

« Et Farid ? Il retourne au collège ? Il a encore cours ? me demande-t-il.

– Non, je pense qu'il est allé rejoindre sa femme. »

Le bus arrive. Les portes s'ouvrent. La mère d'une élève descend. Nos regards se croisent. Je lui dis bonjour spontanément en cherchant son regard. Elle fronce légèrement les sourcils avec un petit rictus, puis détourne la tête.

Que s'est-il encore passé pour qu'elle décide de me snober ainsi ?

Nous ne sommes plus au collège, nous sommes dehors. Finies les formules de politesse aux professeurs. Ici, on peut dire et faire comprendre vraiment ce que l'on pense. Et moi qui m'acharne à extirper sa fille de son ignorance crasse !

Je la regarde continuer son chemin sans se retourner.

Paulo monte. Je lui fais un signe de la main et je m'en vais.

« Voyons maintenant ce nouveau rapport de deux cents pages. Conclusion principale : en France, le racisme progresse, surtout le racisme anti-maghrébin. Pierre Lemarchand, constat :

– Difficile de mesurer le racisme, d'en calculer toutes les occurrences. Les auteurs du rapport ont souhaité produire un diagnostic tout en restant le plus concrets possible. Premier constat : les actes racistes, agressions diverses, n'évoluent pas. En revanche, les menaces, injures, tags racistes sont en augmentation, autrement dit, le climat se dégrade de façon inquiétante. Le rapport, dans son inventaire des vecteurs du racisme, ainsi que des discriminations dont il est à l'origine, montre qu'il touche désormais toutes les couches de la population. À l'appui, un sondage éloquent réalisé tout spécialement : il confirme notamment que ce sont les Maghrébins les premières victimes d'un racisme qui s'étend comme une marée noire, dit le rapport, avant de déconstruire les fondements, voire les justifications du malaise.

– On peut débattre de tout, y compris de la politique d'immigration. Ça, c'est le débat d'idées. Mais il y a une chose qui ne relève plus du débat, une chose qui doit être combattue, c'est ce qui facilite les infractions, et les infractions graves. Ça commence par l'insulte, la diffamation, et ça va maintenant jusqu'à des violences et, je le répète, à des crimes. Là, il faut mettre le frein à main. La première mesure, c'est l'appel de tous à prendre conscience de cela, dans chaque famille, et à ne pas dire : je suis indifférent.

– La commission énonce une série de mesures préventives autour de l'information et de l'éducation, force motrice de ce combat, mais face à la banalisation du racisme, il faut aussi malheureusement envisager de renforcer le dispositif législatif en commençant par discerner de quelle façon on pourrait appliquer les lois qui existent avec plus de rigueur… »

« Il faudrait penser à acheter du Ketchup, il n'y en a plus. »

Mon père vient de découvrir ce nouveau condiment et ne peut plus s'en passer. On bouffe devant la télévision, comme les ploucs. Tout s'est perdu. Ma mère n'est plus là depuis plusieurs années. On se réchauffe un surgelé.

« Tu dîneras là ce soir ? dis-je.

– Non, pas ce soir, non. Je crois qu'il y a une pizza au frigo. Tu as beaucoup de devoirs pour demain ?

– Non, ça va… »

À l'écran, pour accompagner les informations, les images montrent de jeunes Maghrébins circulant en groupes. Certains sont à vélo, d'autres à pied. Ils grouillent dans tous les sens devant une barre HLM. Ça va bien rassurer les racistes ! À moins que le message n'ait une autre fonction…

À qui, au fond, s'adresse-t-on ?

Ce sont les années quatre-vingt. Les jeunes Maghrébins en question ont les cheveux longs. Des boucles noires leur tombent parfois jusqu'aux épaules, elles-mêmes souvent recouvertes d'un foulard à carreaux noirs et blancs. J'ignore ce que c'est. Mais c'est une image forte. Elle incarne la subversion et la liberté, le déracinement total. Leur pauvreté est un détachement. Une expression à la fois ingénue et incontrôlable traverse leur visage. Leur regard humide et rieur est libre de tout narcissisme subjectif. Leur bouche n'a pas encore été refaite par les orthodontistes. Leur transe au son de Nass el Ghiwane renvoie Jimi Hendrix et Bob Marley à de la variété pour midi-nettes. Ces jeunes hommes à la chevelure de femme donnent l'impression d'être imprévisibles, leurs corps sont en fête. Ils sont une avant-garde spontanée, quelque chose d'inédit. L'« Arabe » en France a la pratique d'une théorie révolutionnaire qui n'est pas encore écrite.

Nous avons pris, Louis et moi, l'habitude de rentrer par le même chemin. Il est quelques dizaines de mètres devant moi car il quitte le lycée immédiatement. Parfois, il est sur l'autre trottoir, en face. Je l'observe de loin. Je suis rarement seul car je préfère trouver quelqu'un pour m'accompagner. Parfois, il nous jette un regard furtif puis reprend sa route, tête baissée.

Un jour, exceptionnellement, je me trouve seul devant lui. Il a dû quitter l'établissement plus tard. Je ne sais pas ce qui me prend. Je coupe par une petite rue latérale. Après quelques centaines de mètres effectués au pas de course, j'arrive sur les Maréchaux. Je suis loin de chez moi. Il ne me reste plus qu'à remonter le boulevard et, au premier carrefour, je tombe sur lui. En me voyant, il sursaute et fait mine de continuer son chemin en plongeant la tête vers le trottoir. Je suis immobile. Le mouvement de ses jambes accélère. Pris par le rythme, sa main sort de sa poche, un papier tombe par terre. Je l'appelle alors par son prénom. Surpris, il s'arrête. Je l'avertis pour le papier. Il se retourne, ne dit rien et le ramasse. Je lui tends alors la main et lui dis mon nom. Il me salue à son tour. Nous poursuivons notre route ensemble sur quelques dizaines de mètres. Je me cale sur son pas. Après une ou deux phrases anodines pour savoir où il habite, je lui pose plusieurs questions sur les écrivains dont il a parlé en cours. Il n'est pas très loquace.

« Tu n'as jamais lu Céline ? » me dit-il, étonné.

Nous avons à peine quinze ou seize ans. Même si nous sommes dans une classe plutôt privilégiée, il est assez rare, à cet âge, d'avoir lu un tel écrivain.

«Non, lui dis-je sans honte. Ni Marcel Aymé dont tu as parlé. Comment as-tu eu l'idée de lire ces auteurs ?

– Je ne sais pas. J'ai toujours entendu dire que Céline était le plus grand écrivain du XXe siècle. Quant à Marcel Aymé, ce n'est pas un auteur de la même envergure, mais c'est extrêmement fin. Et c'est plus facile à faire en fiche de lecture. Il a énormément écrit, y compris pour le cinéma.»

Sa voix est mieux posée qu'en cours. Au fil des minutes, il me donne l'impression d'être de plus en plus à l'aise. Il parle avec enthousiasme. Son débit est rapide. Alors qu'à la première impression, il m'a semblé encrassé dans un conservatisme moisi, désormais, il m'intrigue. Je suis face à un parfait étranger. Il faut bien le reconnaître, je suis fasciné.

C'est ainsi qu'un rituel s'instaure. Jour après jour, je l'attends le matin et le raccompagne le soir. Notre discussion reprend là où nous l'avons laissée la veille. Il parle et je l'écoute. Près du square Alphonse-de-Neuville, nous nous arrêtons sur un banc.

Chez moi, le soir, je lis les écrivains qu'il me conseille. Je n'en parle à personne, ni au lycée, ni chez moi.

Je laisse mon père seul devant la télévision. Il écoute pensivement la parole des experts :

«On ne sait peut-être pas expliquer ce phénomène

comme il le faudrait. La raison principale du vote Le Pen, ce n'est pas, comme certains le croient trop facilement, l'arrivée des immigrés. Il y en a toujours eu et dans tous les pays où, pourtant, on ne trouve pas de Le Pen. Mais les Français, plus que d'autres, subissent une convergence de relâchements. Auparavant, le peuple était cadré par l'Église, par des syndicats puissants et organisés, ou encore par une école républicaine autoritaire dont on ne remettait jamais en cause le jugement ni les décisions d'orientation. Les pulsions racistes issues d'un faible niveau d'éducation étaient réprimées par une hiérarchie. Tout cela a volé en éclats. »

Au café, tard le soir, Farid, quelque peu éméché, délire avec des types inconnus installés au fond de la salle. Paulo a l'air content, il agite la tête au rythme de la musique. Plusieurs fois, chacun à leur tour, ils viennent me voir pour me réveiller. Effectivement, je ne bouge pas beaucoup. Je suis dans un état de veille quasi hypnotique. Je revois les images de notre villa de Ramatuelle. Je n'y ai jamais été heureux enfant. Pourquoi n'ai-je pas reçu à proprement parler une éducation ? Pourquoi n'ai-je pas été mieux structuré par ma famille ? Ils ne venaient pourtant pas de nulle part. Mon corps lui-même est constamment avachi. A-t-on jamais vu une pensée avachie ? Farid, lui aussi, derrière une façade virile, est en train de défaire ce qu'il a construit, comme s'il était allé trop vite, par fuite, avant d'avoir terminé les fondations.

Mais Paulo, lui, est costaud. Il sait pourquoi il fait ce qu'il fait. Il a posé des jalons, l'un après l'autre. Il vit en accord avec lui-même.

La musique est trop forte. Je pars m'asseoir dans un coin éloigné plus tranquille. Des filles sont en train de danser au milieu du bar. Elles poussent des cris. Paulo est avec elles. L'une d'elles me regarde depuis tout à l'heure. Mais je n'ai pas envie d'aller lui parler. C'est pourtant ce que je suis censé faire dans cette situation. À chacun son rôle. J'ai la flemme. Elle a un joli cul, mais l'idée d'avoir à feindre l'amusement pendant deux heures et de discutailler pour ne rien dire me fatigue d'avance.

Paulo finit par me rejoindre. Il ne paraît pas fatigué.

« Moi aussi, il faut que je me pose un peu. Ça va ?

– Oui. Je vais bientôt partir. Où est Farid ?

– Au fond, avec des types. Je ne sais pas ce qu'il trafique. Il a l'air de les connaître. Tu veux aller voir ?

– Certainement pas ! Je ne veux pas me mêler de ses histoires.

– Moi non plus ! »

Il rit, se lève et sort fumer une cigarette.

Les corps deviennent flous. Je n'entends plus distinctement la musique, un bruit de fond régulier.

Je repense à cette fille, est-elle dans ma classe ? Pourquoi pleure-t-elle ?

La professeur d'histoire-géographie, madame Lustig, nous donne des devoirs à la maison, des dossiers à faire. Mais, étrangement, il faut les écrire à la main et ne pas être aidés par nos parents. C'est drôle d'évoquer cela aujourd'hui, au temps d'Internet. Cela sonne comme une prescription tellement naïve et dérisoire. C'est à la même époque que mon souvenir... peut-être le jour même, ou la veille.

Madame Lustig rend les copies. Furieuse, elle déclare que certains élèves se sont fait aider. Elle nous rappelle que c'est une attitude inégalitaire, et inacceptable dans un établissement public.

La chasse aux sorcières peut commencer parmi les grandes gueules de la classe. Les élèves les plus enclins à se donner une réputation deviennent les premiers fayots. Thomas Ducol, plus grand que les autres, se manifeste :

« C'est qui ? C'est qui ? »

Il a toujours cette volonté affirmée de parler au nom de tous. Je ne sais pas ce qui lui confère cette assurance. Peut-être le beau pull Compagnie de Californie tout neuf qu'il arbore fièrement. Ses couleurs criardes devraient pourtant l'en dissuader.

Le professeur, si prompt à soutenir les élèves bavards puisqu'ils participent, donne un nom, puis un autre. Ce sont des élèves plus discrets. Ils ont du mal à se défendre. La classe est survoltée. À la tonte !

Ils ne veulent rien reconnaître.

Puis vient le nom de Louis. Il ne dit rien. Tous les élèves se retournent vers lui. Le silence envahit la salle. Exceptionnellement, il se décide à parler. Sa voix est faible, mais il ne tremble pas. Il est détaché. Il dit :

« Oui. »

Tout simplement, et le cours peut reprendre.

La musique me saoule, et le vin aussi. Paulo revient s'asseoir à ma table. Apparemment, les filles seraient des allumeuses. Il renonce. Il parle. Je fais oui de la tête à intervalles réguliers sans comprendre ce qu'il me dit. Il ne le remarque pas et continue. Peut-être a-t-il trop bu lui aussi ?

La musique s'arrête. C'est à cause du DJ. Il n'est pas à la hauteur. Le garçon s'active sur son lecteur, mais visiblement ne sait pas s'en servir. Le silence me réveille. Les gens vont s'asseoir. C'est une rupture agréable.

Je profite de cette accalmie et reviens moi aussi dans la discussion :

« Tu n'as jamais été traumatisé par l'école, toi ? »

Paulo me regarde, surpris. Peut-être réalise-t-il qu'il vient de parler dans le vide pendant un bon quart d'heure.

« C'est à ça que tu penses ? Il faut te détendre un peu. Tu es en cours toute la journée. Fais autre chose ! Tu ne peux pas laisser ta tête au collège même quand tu n'y es plus. Il faut l'aérer.

– Je n'ai pas l'impression que l'école me prenne tellement d'énergie. Je ne pensais pas à cela. Mes souvenirs reviennent à la surface.

– Moi aussi j'ai de mauvais souvenirs. C'est comme ça.

– Tu donnes plutôt l'impression d'être un gars fort.
On a du mal à t'imaginer en élève chétif.

– L'apparence ne révèle pas nécessairement les souf-
frances intérieures. L'école a été très dure avec moi et
ma famille.

– Que t'est-il arrivé ?

– Je n'ai pas envie de me lancer dans ces souvenirs.

– Mais si, dis-moi !

– Bon... Si tu veux... Lorsque mes parents ont décidé
de rentrer au Portugal, j'avais quatorze ans. Je devais
entrer en 3e. On a décidé de rester en France, mon frère
et moi, chez ma tante. Elle était gardienne d'immeuble
dans le XVIe arrondissement. Elle n'avait pas d'enfants.
Avant cela, nous étions à Champigny. Pour moi, encore,
ça passait. J'étais déjà grand et je savais masquer mon
appréhension. Mais mon frère avait douze ans. Il entrait
en 5e. Il était petit. Mes parents se sont inquiétés tout
l'été. Ils ne savaient pas comment cela se passerait pour
nous, surtout pour mon frère.

– Oui, bon... d'accord. C'est le choc de la rupture
avec la famille...

– Non, ça encore, ce n'est pas le pire. Ce sont simplement les circonstances de ce qui m'est arrivé. On s'est
retrouvés dans un collège de bourges, même si, évidemment, ils nous ont mis dans les moins bonnes classes. On
était tout en bas. Les fils de concierges étaient regroupés
là. On était quatre ou cinq. Mais il y avait aussi des gros
bourges dans la classe, les plus dangereux : ceux qui ne

foutent rien. Leurs parents étaient divorcés et ne s'occupaient pas d'eux. Parfois, ils avaient leur grand appart pour eux tout seuls pendant tout le week-end, alors que nous, nous étions trois dans trente-deux mètres carrés. Leurs parents leur donnaient du fric pour se faire pardonner leurs absences répétées. C'était une façon de se racheter de n'être pas trop présents. Et puis, ils se foutaient des résultats scolaires de leurs gamins. De toute façon, ils les envoyaient ensuite dans des boîtes privées puis aux États-Unis. Ils avaient suffisamment de relations pour leur trouver du boulot plus tard, et de bons boulots ! Il y avait toute une petite bande comme ça dans la classe. Parmi eux, un type, il avait déjà seize ans, tout le monde le suivait. Il couchait avec des filles, fumait des joints et avait des plans soirées chaque samedi. Et pas des soirées pourries ! Des trucs classe dans des super-apparts ou des belles salles louées. J'étais fasciné et, en même temps, je le détestais.

– Il s'appelait comment ?

– Jean-Brice Lebats. Tu vois, je me souviens même de son nom. Je ne sais pas pourquoi, ce type très rapidement s'est intéressé à moi. Peut-être parce que j'avais déjà un physique d'adulte, j'étais grand, je me rasais. Ou bien parce que ça lui plaisait d'avoir un fils de pauvres, un fils d'immigrés, dans son entourage. Quand il me traînait avec lui, il était toujours fier de me présenter avec un rire entendu. Ça ajoutait à sa réputation subversive. Je faisais partie du décor, comme son joint, son jean troué ou la bouteille de vodka qu'il descendait. Moi, avant, pour rien au monde je n'aurais porté un jean troué !

« Lorsque j'ai commencé à être copain avec lui, dès le mois d'octobre, je suis devenu obsédé par ce qui m'arrivait. Pourtant, ça ne m'a ouvert aucune porte avec les filles. Elles avaient déjà toutes intégré qu'on ne sort pas avec un immigré. Mais ma tête était complètement prise par ma nouvelle vie, mes sorties le week-end.

« Mes parents étaient très inquiets pour mon frère, et ma tante ne se rendait compte de rien. Au téléphone, je leur disais "Ça va, ça va". Mais c'était pour les congédier, pour ne plus avoir à y penser. En vérité, ça n'allait pas du tout pour lui. Dans la même situation, il ne se faisait pas d'amis. Il était même devenu petit à petit le souffre-douleur d'un élève de sa classe. Moi, je ne voulais rien voir. Le mec, j'aurais pu l'aligner, mais alors je serais passé pour le méchant immigré, la petite brute. Or, chez ces bourges, le mot d'ordre, c'était d'être cool. Il n'y avait rien de plus ringard que de revendiquer des attaches familiales. Ils portaient tous des cheveux longs.

« De la même façon, on n'allait pas à la cantine. Je m'étais démerdé pour convaincre ma tante de m'en désinscrire. Mon frère se retrouvait vraiment seul. Je n'y pensais pas. Quand nous, les grands, on retournait au collège, on n'allait pas dans la cour. On restait dans un coin tranquille, à l'écart. Officiellement, ce n'était pas autorisé, mais on nous laissait. On faisait nous-mêmes la police, on virait les morveux. On fumait même ! Personne ne nous disait rien. Jean-Brice s'était mis dans la poche deux pionnes. Je ne sais pas comment il avait fait.

« Un jour, un rassemblement s'est formé dans la cour. Il se passait quelque chose. De loin, un pote de Jean-Brice s'est accroché à la structure du bâtiment pour regarder. Je m'en souviendrai toujours. "Il y a un gamin qui s'est fait baisser son futal devant tout le monde !" On s'est marrés. Puis on a parlé d'autre chose.

« À l'intérieur, j'avais froid. Je savais. Il avait sport et gardait son jogging toute la journée. Moi-même, je ne le faisais plus : j'avais remarqué que Jean-Brice ne portait jamais d'affaires de sport. Je me changeais juste avant et après, comme les autres. Je regardais d'un œil au loin le groupe se défaire et j'ai vu mon frère sortir en pleurant. Il venait de se retrouver la bite à l'air devant tous ses camarades. Je n'ai rien dit. J'ai tourné le dos. Je ne souhaitais même pas que l'on sache que j'avais un frère. C'est ça le plus dur. C'est cette manipulation qui te pousse à trahir les tiens. Pendant les vacances d'hiver, il est parti définitivement au Portugal. Nous n'en avons jamais parlé et j'ai toujours gardé cette culpabilité en moi. »

Des bruits en provenance du fond du café interrompent le récit de Paulo. C'est Farid. Il est à terre en train de cogner un type à coups de poing. Les filles se mettent à crier. Un autre, debout, plus petit, lui balance un coup de pied, mais Farid ne vacille pas.

On se lève d'un bond. Paulo court et s'interpose en criant. Les chaises et les tables valsent. Les autres clients sortent du café. Les énergumènes veulent encore en découdre avec Paulo ; il se prend une gifle. Je tire Farid dehors. Il est énervé. Il saigne de la bouche. Je le tiens en le serrant dans mes bras. Je fais avec lui une dizaine de mètres dans la rue. À plusieurs reprises, il tente de s'échapper et de revenir. Il pousse des cris. J'attends quelques minutes. Puis nous revenons tranquillement. On essaie de retrouver le calme. Paulo est agacé. Les garçons du bar ont viré les types. Ils engueulent Farid également. Paulo rentre chez lui rapidement sans dire au revoir.

Louis est un enfant passionné. L'adolescence est un âge de feinte, on veut être un adulte dans un corps d'enfant. Les parents le savent, ils l'ont vécu, mais ne peuvent se mettre à la place des jeunes. Leur point de vue est irrémédiablement extérieur. Certains, les pires, ont la prétention de comprendre leurs ados et de se mettre à leur niveau, au lieu de les laisser s'opposer frontalement. Les jeunes ne savent pas très bien à quel jeu ils jouent ni pourquoi ils cherchent à s'ingérer de la sorte. S'aveuglant ainsi eux-mêmes, comment pourraient-ils y voir clair avec leurs enfants ?

Louis n'a pas ce problème. Il ne fait pas de crise d'adolescence. Ou plutôt, elle consiste à ne pas être visible, pour ne pas paraître fausse ou surjouée. Son esprit critique dépasse tout ce que j'ai pu entendre jusqu'alors. À la sortie du lycée, il m'attend. Il ne se mêle pas aux autres, ou très peu. Mais si je tarde trop, il part. Ce n'est pas grave, c'est partie remise. Souvent, je cours derrière lui, traverse au vert pour le rattraper. Il ralentit alors le pas.

Son esprit célinien m'impressionne en premier lieu. Mais je me trompe. Ce n'est qu'une partie de sa personnalité. À mon âge, il m'est parfois difficile de voir les choses autrement que sous une forme « subversive » d'un côté, ou « conventionnelle » de l'autre. Ce qui doit choquer et déconstruire incarne le nouveau face au conservatisme. Pourtant, à l'apparition d'une mode éphémère, ce qui s'annonce dans un premier temps subversif devient rapidement une norme. L'apparence de Louis, si sage et étriquée, confirme mes doutes. Elle est le style de son indocilité, puisque tous les autres font leur crise. Sa passion pour Céline ne relève donc pas de la volonté de choquer, même s'il lui est toujours agréable de voir un bourgeois se tordre la bouche d'indignation à la simple évocation de son nom. C'est d'abord chez lui une passion beaucoup plus large pour l'art. Louis lui donne une dimension sacrée.

Je prends réellement conscience de cette ferveur le jour où, à mon arrivée, il sort de son cartable une image. Il doit l'avoir avec lui depuis quelques jours, car nous nous sommes manqués plusieurs fois ces dernières après-midi. L'image est saisissante. Elle représente un chevalier du Moyen Âge traversant tranquillement à cheval un paysage diabolique. L'artiste est Albrecht Dürer. L'ampleur de mon ignorance m'assaille. Elle n'a d'égal que le désir de connaissance qu'elle éveille. Je ne suis pourtant pas bien vieux, mais il ne me reste plus que six mois pour être Rimbaud. Cette image fascine

Louis. De petits trous aux angles évoquent un accrochage mural, peut-être dans sa chambre. Louis s'identifie à cet homme, le plus libre des hommes, selon lui. Je ne comprends ni ne retiens son discours à ce propos. Mais il est contagieux.

Le soir, chez moi, je retrouve Dürer dans l'encyclopédie familiale. Il n'y a pas la gravure. Je tourne les pages. Le souvenir de mon entretien avec Louis m'obsède. Sa passion, son engagement, tout m'étonne.

Dans la salle des professeurs, je pose des copies d'élèves dans mon casier. Je les corrigerai plus tard. Intrigué par l'écriture du devoir en haut du tas, je prends la feuille. C'est celle de Miguel. Je leur ai fait écrire une lettre. Il a choisi d'écrire à sa mère qui est morte. Il m'emmerde en classe à longueur d'année. Son texte est bourré de fautes. Mais que dire ? Chaque phrase est profondément pesée.

Je ne me laisse pas prendre par l'émotion et repose la feuille. Que puis-je faire pour Sofiane dont la souffrance semble telle qu'il ne peut pas même la dire ? Perplexe, je ne veux plus y penser. Je referme violemment mon casier et me tourne vers la sortie. Je fais à peine deux pas et tombe nez à nez avec Samia. Ça y est... nous y sommes, c'est l'échafaud. Spontanément, je regarde ailleurs, avant de la saluer. Ce bref instant d'hésitation, une fraction de seconde, n'est-il pas déjà suspect ?

« Alors, vous sortez encore ce soir avec Farid ?

– Oui, je pense. »

J'affirme, pour ne pas avoir l'air de nier. Sa voix est calme. Nos regards se croisent intensément. J'ai l'impression qu'elle sait, et elle sait que je sais qu'elle sait.

« Et vous faites quoi cette fois ?

– On n'a rien prévu. Tu sais, on ne fait rien de particulier, on prend une bière, on se détend un peu, et puis on rentre. »

Je fais mine de vouloir continuer mon chemin avec un grand sourire. D'habitude, nous n'échangeons rien de plus que des banalités.

« Ah bon ? Il m'a dit que vous alliez à un showcase pour la sortie d'un jeu vidéo. »

Je rêve… Pourquoi est-il allé inventer une histoire pareille ? Je n'ai jamais joué à un jeu vidéo de ma vie. Et c'est quoi un showcase ? Farid est irrémédiablement un garçon perdu.

« Ah oui. Peut-être. Il m'avait parlé de ça, mais je ne sais pas encore. Ça ne m'intéresse pas beaucoup. J'irai peut-être juste comme ça, pour l'accompagner.

– Ne rentrez pas trop tard, alors. La dernière fois, c'était n'importe quoi. »

Son regard est fixe, les sourcils froncés. Ils sont mariés, c'est normal. Pourquoi continue-t-il à vouloir sortir comme un jeune de vingt ans ? N'a-t-il pas autre chose à faire ? S'occuper de ses enfants, faire les courses… Il décroche, elle le sait, je le sais, mais ce n'est pas à moi de discuter de cela avec elle.

Elle s'éloigne la première et m'abandonne. Je l'observe discuter avec d'autres professeurs. Elle est investie dans tous les projets, chacun vient la voir pour lui demander conseil.

Ma tête est prise par autre chose. Mon échec de l'autre jour ne me satisfait pas. Je dois retourner voir madame Rachedi.

Devant la porte de son appartement, je sonne. Je n'hésite plus. Une personne vient. Nous échangeons des phrases à travers la porte fermée, puis elle ouvre. C'est elle.

« Bonjour, madame. Comme je viens de vous le dire, je suis le professeur de français de Sofiane. Je vous ai laissé un message sur votre répondeur téléphonique, il y a quelques jours

– Ah oui ! Entrez. »

Elle est visiblement gênée et un peu intimidée, elle n'ose pas me dire non. Elle ne croise jamais mon regard. Je pénètre dans son appartement. C'est un deux-pièces, plutôt grand. Dans le salon, un canapé mal replié encombre le mur de droite. L'espace central est vide. Elle est décoiffée. Était-elle en train de dormir ? Nous sommes au milieu de la journée. Sofiane n'est pas là, il est au collège. Les murs sont vides, un meuble prend tout l'espace à gauche. Sur une partie basse, un grand écran plat diffuse des images de téléachat, le son coupé. Je lui pose des questions sur son fils. Elle ne cherche pas à nier, au contraire, elle est au courant de ses difficultés. Elle est fatiguée. Je ne parle pas de l'incident survenu en classe. Elle me décrit un enfant sage. Il regarde un peu la télévision et n'a pas d'activités extrascolaires.

« Je l'ai d'abord inscrit au foot, mais il a rapidement abandonné. Après, il a voulu jouer au hand, mais finalement ça n'a pas été non plus. »

Il n'a pas d'amis, personne ne vient jamais à la maison. Son mari les a quittés depuis longtemps. Elle ne travaille pas.

Dans la chambre de Sofiane, le lit est défait. Le bureau est en désordre. Il a dans sa chambre un ordinateur et un poste de télévision.

« Comme ça, chacun regarde ce qu'il veut. On ne se dérange pas. »

Le téléphone sonne. Elle quitte la pièce pour aller répondre. Livré à moi-même, enfin, mon esprit s'anime et s'oriente vers chaque détail pertinent. Il faut faire vite. Dans un coin, il a rangé en vrac des dizaines de CD gravés, des choses téléchargées, sûrement. L'ordinateur est allumé bien que l'écran soit éteint, on peut l'entendre grincer régulièrement. Je fouille un peu, sans état d'âme. Je soulève un carton et cherche dans un deuxième, assis sur le lit. Il y a des CD de toutes les couleurs, il a écrit dessus au feutre : des jeux vidéo, des logiciels crackés. Certains ont des codes écrits sur le boîtier. D'autres n'ont même pas de boîtier. Parfois, on peut entrevoir une image au revers du disque, elle a été grattée. Il est impossible de reconstituer ce qu'elle représentait.

Je remets tout à sa place.

Au fond, il n'y a rien de surprenant ou d'anormal pour un gamin de cet âge. Je note qu'il n'y a pas de livres dans la chambre, à l'exception de quelques volumes scolaires. Pas de symboles religieux non plus. Pas de drogue ? Sans doute. Il est inutile de chercher dans ses vêtements, sa mère y a certainement plus souvent accès que lui. On a simplement un gamin en veille lorsqu'il est au collège. Il commence sa journée une fois rentré le soir, la porte fermée, devant son ordinateur.

La mère de Sofiane termine sa conversation dans l'autre pièce. Je finis de tout remettre en place, puis nous nous retrouvons. Je l'encourage à prendre rapidement rendez-vous avec le principal. Elle me dit qu'elle le fera. Dois-je la croire ? Mon appréhension est grande, mais comment la convaincre ? J'insiste. Nous nous saluons cordialement et je quitte les lieux en descendant les escaliers deux à deux.

Le soir, à peine rentré chez moi, mon portable sonne. Le nom de Julie s'affiche. Je ne l'ai pas appelée depuis plusieurs jours. Elle me fait une scène au téléphone, ne sait plus où elle en est avec moi. C'est une litanie. Je l'écoute patiemment C'est un moment pénible. Peut-être me faudrait-il d'abord négocier une visite chez elle cette nuit ? Non, je change d'avis en l'écoutant, c'est une mauvaise idée. Elle a raison, je n'ai pas pensé à elle pendant tout ce temps, il faut voir la vérité en face. Je la rappellerai plus tard dans la semaine. Après avoir raccroché, je pousse de gros râles sonores afin d'évacuer la pression. J'attrape dans ma bibliothèque les *Petits poèmes en prose*, m'allonge sur le canapé et lis pendant une heure.

Il fait nuit. Farid est avec moi. Quelle heure est-il ? Une heure, deux heures ? Je ne sais plus. Je ne pense plus à rien. J'avance tout droit, machinalement, et le raccompagne chez lui. Il est appuyé contre moi à moitié endormi. L'angoisse monte. Je ne veux plus penser à rien.

Une fois à l'arrêt, je le fais tenir debout contre moi, son bras sur mon épaule. J'attrape ses clefs dans sa poche. Porte cochère, ascenseur, palier. Devant la porte, j'essaie de ne pas faire de bruit. Il pousse de petits gémissements. Il pue l'alcool. J'ouvre, nous entrons dans le salon, je le dépose sur le canapé d'un coup, il gémit, puis le silence. Je sors rapidement. Avant de claquer la porte, j'aperçois ses clefs dans ma main. Je retourne dans l'appartement pour les déposer délicatement sur une petite table. À cet instant, la lumière s'allume. J'avais presque réussi.

« Qu'est-ce qu'il se passe ? dit Samia, les yeux ensommeillés.

– Rien, je l'ai raccompagné. Tu peux aller te recoucher. »

Je l'entends marmonner quelque chose entre ses dents. Je m'éclipse. Je ne veux pas avoir à discuter avec elle. Avant de fermer la porte, je la regarde. Elle est penchée sur son mari. Ses cheveux sont défaits. Elle n'est vêtue que d'une chemise de nuit légère. Sa poitrine est opulente. Son sein droit est presque sorti. Ses hanches sont larges. Je vois la peau du haut de ses cuisses faire de petites vagues. Elle s'agite, je ferme la porte.

Je rentre chez moi. Il me reste quatre heures de sommeil avant demain matin.

J'attends Louis le matin, toujours au même carrefour. C'est une émulation : avec lui, ma pensée se libère. C'est comme un besoin, une urgence. C'est fascinant. Il parle beaucoup plus que moi, il a tant de choses à dire sur tout. Il regrette qu'on ne puisse profiter de Paris, y dériver à la façon des surréalistes, se confronter à l'inconnu. Il lui faudrait l'autorisation de ses parents. Il me donne l'impression d'avoir tout lu et de se repérer parfaitement dans l'histoire et la chronologie. Son sens de l'orientation est redoutable.

Comment l'évaluation scolaire peut-elle passer à côté d'un tel phénomène ?

En classe, notre amitié est moins visible. D'abord, parce que nous ne sommes jamais assis à côté l'un de l'autre. L'attribution des places a eu lieu avant son arrivée. Ensuite, parce que j'ai beaucoup d'amis, ou plutôt de connaissances, lui n'en a aucun. Je veux garder notre relation secrète. Avec lui, j'ai l'impression de conspirer. Notre communication est structurée par ce principe. Je ne cherche pas à l'intégrer dans un groupe. Il n'en manifeste d'ailleurs pas le désir et ne me parle pas des autres élèves, sauf, parfois, des filles.

Un jour, après quelques semaines, il me propose de venir chez lui. Plusieurs fois je remets à plus tard cette visite, prétextant une excuse quelconque. J'imagine notre amitié destinée à demeurer clandestine. J'ai peur de rompre ainsi le charme et l'esprit de notre relation, de la rendre impossible en découvrant son foyer. Mais il est difficile de continuer à le voir en dehors et jamais chez lui. De plus, si l'on veut que ses parents nous laissent sortir, ils doivent d'abord savoir qui je suis. Mon père, lui, n'a pas les mêmes angoisses.

J'ai aussi un peu honte de ne jamais pouvoir apporter ma pierre. Je tiens résolument à ne pas venir les mains vides. Mais que lui apporter ? Après réflexion, je pense à la vieille collection de vinyles de mon père. Elle prend la poussière. Il doit bien y avoir un collector à faire découvrir à Louis. Je me résous finalement à accepter.

J'arrive chez lui vers quatre heures de l'après-midi, un samedi. Son immeuble est de l'autre côté des Maréchaux, dans un quartier de logements sociaux – je ne le sais pas à l'époque, même si je vois bien la différence. Je n'ai jamais franchi cette barrière. Je prends cela, pour m'en convaincre, comme une expérience exotique. La petite rue est calme. Aucun commerce à l'horizon. L'immeuble est blanc et lisse, cerné de petites fenêtres. Je tiens le vinyle sous le bras. Je me suis décidé pour le *White Album* des Beatles. Je ne veux pas chercher plus compliqué. Il serait ridicule de lui faire découvrir un disque si je ne le connais pas moi-même.

La porte cochère est ouverte. Le plafond est bas. Je prends l'escalier. Il y a au moins quatre appartements par niveau. Sur le palier du troisième étage, deux petits messieurs ont une discussion. Ils sont tous les deux chauves, dans des costumes gris trop grands, le ventre bedonnant. On dirait des fonctionnaires, mais d'un autre âge.

J'attends devant eux. Ils me regardent avec étonnement.

« Je cherche l'appartement de Louis Pujalte.

– C'est ici. Il vous attend de pied ferme ! » dit l'un des deux avec un grand sourire.

Puis ils reprennent leur discussion. Elle n'est pas très compréhensible. Je ne m'y attarde pas. Louis m'attend effectivement derrière la porte. Il me guide jusqu'à sa chambre.

« C'est le voisin. Mon père et lui discutent souvent », dit-il en riant.

L'appartement est sombre. Il y a des bibelots partout. Tout est dépareillé ; à côté de chaque fauteuil, un guéridon couvert d'objets. Les murs sont chargés de dessins ou de vieilles cartes. Il y a aussi un fusil à un coup suspendu et une défense d'éléphant. La chambre de

Louis est petite et plutôt austère. Elle est couverte d'un papier japonais vert foncé.

« Voici mes livres ! »

Je fais mine d'être impressionné. Effectivement, il y a deux étagères pleines de livres, dont le *Quid* et *Tout en un*. Il y a aussi un gros atlas et une encyclopédie Larousse en cinq volumes... Ces livres datent tous de plusieurs années, leurs reliures sont abîmées. Je vois aussi de gros livres d'histoire avec de belles reproductions. Il semble n'y avoir aucune place pour la fantaisie. La seule chose certaine, c'est qu'il a lu tout ce qu'il possède. Il me montre les Céline. J'essaie d'être enthousiaste. La peinture du plafond est craquelée. Il y a des taches. Peut-être les traces d'un ancien dégât des eaux. En dessous de son étagère, il a disposé de gros coffrets en carton pleins de vinyles. Stravinsky, Prokofiev, Wagner. Il a déjà évoqué ses goûts musicaux.

« Tiens ! Je te l'offre. C'est son meilleur ! »

C'est *Mort à crédit*. Je le reçois avec politesse. Un vieux Folio usagé. Il m'a écrit une dédicace au crayon sur la première page. Il a l'air excité, heureux comme je ne l'ai jamais vu. Il ne fait en revanche pas grand cas de mon *White Album*. Je lui explique dans les grandes lignes pourquoi ce disque est important. Il m'écoute sagement, ne fait aucun commentaire, cela ne l'émeut pas beaucoup.

On frappe à la porte. C'est son père. Il nous interrompt :

« Bonjour, monsieur, bienvenue chez nous. Notre maison est la vôtre », me dit-il d'une façon exagérément obséquieuse.

Je le salue également, gêné. Son visage est rond. Un sourire béat traverse son visage.

« Et donc, vous êtes dans la même classe que Louis ?

– Oui.

– Ah ! et êtes-vous satisfait du niveau des professeurs ? Il me semble, tout de même, qu'il y a beaucoup de relâchement...

– Non... je ne crois pas... je ne sais pas... »

Il me fait part de son désarroi quant au niveau du lycée. Nous l'écoutons sans rien dire.

« Bien. Je ne veux pas vous ennuyer plus longtemps. Saluez de ma part vos parents. »

Il se retire. Ce mélange de rigueur et de naïveté me laisse pantois. Mes parents ?... J'ai dit à mon père que j'allais au cinéma.

Notre conversation avec Louis reprend là où nous l'avons laissée. Louis jongle d'un écrivain à l'autre. Il semble avoir créé un large tissu de connexions entre les époques, les styles. Comment fait-il ?

Sa mère entre soudainement à son tour dans la chambre. C'est une femme simple. Son visage est dur, sans maquillage, le bas légèrement rentré, avec une bouche sans lèvres. Elle porte un chignon. Elle a une certaine distinction, mais elle accentue les fins de phrases d'une façon très gutturale. L'effet produit est horriblement sec. Son regard est intense. Elle semble un peu gênée. Peut-être voit-elle que je le suis moi-même. Elle me dit que je suis le bienvenu et que je peux revenir aussi souvent que je le souhaite. Louis, paraît-il, leur a beaucoup parlé de moi. Je réponds les phrases d'usage.

Elle me fait part du même désarroi que son mari à propos du lycée. Elle passe en revue chaque professeur. C'est long. Elle donne l'impression de les connaître tous. En quelques minutes, elle en parle plus que Louis ne m'en a jamais parlé.

Puis, curieuse, elle me demande ce que font mes parents.

« Mon père est producteur.

– Dans le cinéma ?

– Oui.

– Vous avez beaucoup de chance », dit-elle sans y croire avec un regard étonné, ou distant.

Elle ajoute après un instant de silence, comme si elle ne souhaitait pas laisser de place au doute :

« Nous avons, voyez-vous, un ami qui a travaillé dans le temps à l'ORTF. Peut-être le connaissez-vous ?

– Je ne pense pas.

– Tu sais bien, Louis, c'est le fils de Bernadette. »

Louis ne voit pas de qui elle parle.

Vers dix-huit heures, je lui dis que je dois partir. Je le vois surmonter sa déception. Je dis rapidement au revoir à ses parents dans le salon.

« Déjà ? » me disent-ils en chœur.

C'est à cet instant que l'interphone sonne. La mère décroche.

« Comment ?... Non, ce n'est pas la gardienne... Oui ?... Vous avez un colis à livrer... Oui, je suis bien madame Pujalte... Non, je vous l'ai dit, ce n'est pas la gardienne ici... Je ne sais pas... Au revoir. »

La mère de Louis raccroche, agacée.

« Encore un livreur ! Il avait l'accent antillais celui-là. »

Le père sourit. Je les salue de nouveau et sors dans la rue.

C'est ainsi que mon amitié pour Louis Pujalte se construit peu à peu. Je ne sais pas où elle va. Je n'y pense pas. Je lis les livres qu'il me donne. Avec lui, un monde s'ouvre devant moi. À proprement parler, nous ne faisons rien. Et pourtant, chaque discussion, chaque livre, chaque découverte est comme un voyage en terre inconnue.

Je me réveille en sursaut au milieu de la nuit, le visage de Louis encore en mémoire. Peu à peu il s'éloigne. Serais-je capable de le reconnaître aujourd'hui ? Je regarde par la fenêtre, les vieux immeubles en face dorment. Le visage de Louis s'estompe, celui de Sofiane prend sa place. La même posture chétive. Quelle est sa vie intérieure ? Je m'assieds au bord du lit. Je n'ai rien rangé ici depuis des semaines, des colonnes de livres et de dossiers traînent par terre. Il est inutile de chercher à nouveau le sommeil.

Dans la cour, le dos contre le mur, j'observe les élèves. Ils s'agitent dans tous les sens, poussent des cris. Immobile, mon regard est fixe. Sofiane est accroupi dans un angle, un sac entre les pieds. Ses mains fouillent quelque chose. Son esprit est accaparé par ce qu'il fait. Tous les adolescents ont nécessairement une passion, une motivation quelconque. Certains semblent parfois complètement creux, mais ce sont souvent les plus bavards, les histrions. Je n'arrive pas à croire que cet enfant-là n'ait pas une vie intérieure intense. J'imagine toutes les directions possibles, la faiblesse de ses résultats scolaires ne présage de rien. J'aimerais saisir ce qui fait sens pour lui, parler avec lui, m'en faire un allié. Les autres élèves de sa classe ne sont-ils pas curieux ? Sont-ils insensibles ?

Sofiane ferme son sac et se relève. Pas l'ombre de l'esquisse d'un sourire sur son visage. Un élève s'arrête, ils se parlent quelques instants, puis il s'éloigne. Sofiane est seul à nouveau. Il ne donne pas l'impression de ne plus vouloir l'être. Il faut, pour cela, avoir autre chose, une autre vie chargée de repères symboliques. Son écran d'ordinateur peut-il lui fournir tout ce dont il a besoin ?

Que puis-je partager avec lui, si je n'arrive pas même à discerner le potentiel de ce qui fait sens pour lui ?

La barrière entre enseignant et élèves est insurmontable. Je ne peux pas me permettre d'entrer dans leur intimité. Ils ont le droit au secret. Je suis pour eux l'évaluateur. Il faut qu'il leur reste un lieu inaliénable que le professeur ne viole pas par son jugement.

Vaut-il mieux ne rien faire ? le valoriser ? Mais pour y arriver, il me faudrait le saisir d'une façon ou d'une autre, trouver une prise...

Le soir, je marche dans le quartier de Saint-Vincent-de-Paul à Paris. Les passants sont pressés, ils rentrent du boulot. La rue Lafayette est encombrée, les voitures roulent au pas. Je traverse en faisant attention, puis, face à l'église, je respire longuement. C'est une vieille habitude. En haut des marches, l'excitation de la ville disparaît. Soudainement, on se croirait en province, ou ailleurs. J'avance sous les colonnes et pousse la porte. Il n'y a personne. Je fais en sorte d'étouffer le bruit de mes pas. Assis derrière un pilier, je laisse deux places sur ma gauche. Ainsi, je suis invisible. Quel bonheur de disparaître ! Il n'y a plus aucun bruit. Je me sens au-dessus du monde. Les pensées vont et viennent dans ma tête. J'essaie de les chasser afin de n'entendre plus que le son du silence. J'attends. Je n'ai jamais vu mes parents prier, ni chanter d'ailleurs. Que suis-je censé faire ? Les paroles des prêtres ont toujours eu pour moi un sens confus. En vieillissant, j'ai cru que je finirais par les comprendre, mais cela n'est pas venu. Parfois, un chemin se dessine, puis, très vite, il m'échappe à nouveau. Que veut dire le Fils de l'homme ? En quoi le Christ nous a-t-il sauvés en se sacrifiant ? On ne m'a rien transmis. On aurait dû commencer par cela.

Certaines heures de cours sont, comme depuis toujours, consacrées aux contrôles. En littérature, nous écrivons des commentaires composés. C'est un moment de concentration intense. Le silence dans la classe est total. Nous n'avons que deux heures. Je ne réussirai jamais à retrouver avec mes élèves ce niveau d'investissement. C'est l'occasion pour nous de découvrir les grands poèmes de l'histoire, de Du Bellay à Apollinaire. Je suis moi-même tellement peu scolaire que dans ces moments de réflexion intense je suis porté à une quasi-méditation. Je n'arrive plus à écrire. Mon regard se perd. Les relations entre les mots se tissent, tout prend sens. Mes yeux se portent parfois sur les autres élèves. Sont-ils comme moi remués de l'intérieur ? Non. Ils grattent comme des machines.

« Réveillez-vous, Gallifet ! » me dit Le Calvez régulièrement. Je suis pourtant on ne peut plus éveillé. Mais il faut aussi être efficace.

Nous traînons avec Louis dans une rue du IIe arrondissement. Ce n'est pas vraiment notre univers habituel. C'est ce que nous recherchons : un voyage à quelques stations de métro de chez nous. Les rues sont étroites et sales. Les odeurs de friture se mêlent aux odeurs d'urine. À l'époque, il est encore possible de trouver des cinémas pornos. Les vieilles putes de la rue Saint-Denis sont comme des spécimens flétris d'un autre temps. C'est impressionnant, mais rien comparé à la misère d'aujourd'hui. Nous n'osons pas les aborder, on se contente de regarder les pauvres types, les clients, en se demandant si, un jour, on finira comme eux. La peur se confond étrangement avec une sensation de légèreté. Est-ce la liberté ?

Il y a ce jour-là une queue d'une dizaine de personnes devant l'entrée d'un cinéma. Fait inhabituel selon nous, parmi le petit groupe, des femmes accompagnent leurs maris. Après un moment d'hésitation, d'abord une boutade de ma part, puis un défi très sérieux, nous nous plaçons dans la file d'attente, l'angoisse au ventre. Je suis déjà grand, mais Louis risque de tout faire capoter. La caissière ne dit mot et nous délivre deux billets. Tout en nous jetant de longs regards, nous n'osons plus parler. L'excitation est à son comble. La salle est minable. Les personnes avant nous se sont installées un peu partout, disséminées : les hommes seuls à l'arrière, les trois couples au milieu et plutôt rapprochés. Je prends la décision, devant un Louis immobile, d'avancer et de m'asseoir juste devant une femme en manteau de vison. Elle n'est plus vraiment jeune. Les lumières s'éteignent et le film débute. Je me retourne plusieurs fois pour essayer d'apercevoir les femmes dans l'obscurité, d'imaginer leurs réactions face au film. C'est merveilleux. Sur le grand écran, la belle chatte bien poilue de Caroline Laurie se fait intensément ramoner par le chibre au gland épais d'Yves Baillat. Je regarde partout, sauf vers Louis, qui est inerte à côté de moi.

Après un petit quart d'heure, un autre couple s'installe derrière nous. À mon grand étonnement, l'homme s'assied à côté de la femme du premier couple. C'est un grand Noir athlétique. Je m'inquiète. Va-t-il créer un problème ? Les autres acceptent-ils une telle proximité ? En me retournant quelques instants plus tard, je vois le grand Noir affalé sur son siège, la tête en arrière. Sa voisine au manteau de vison suce activement sa queue qui luit de la lumière reflétée par l'écran. Elle astique avec une telle énergie ! Son sexe paraît énorme. En me remettant droit, je remarque que Louis s'est également retourné pour les regarder.

Une telle excitation, et l'impossibilité d'en jouir devient insupportable. Je n'imagine pas encore pouvoir sortir mon sexe et me terminer devant mon voisin. Vers le milieu du film, je me penche vers lui et lui dis :

« On s'en va ?! »

Il me fait un signe de la tête et se lève instantanément.

Dans la rue, il est à nouveau possible de reprendre notre respiration. Nous sommes contents.

De l'Étoile à la gare de l'Est, de Montmartre au Panthéon, nous arpentons les rues. Louis est intarissable. Il parle continuellement avec passion. De Charles Darwin à Richard Wagner, de Tolstoï à Bismarck, d'Arnold Schoenberg à Paul Klee. Son esprit est en fusion. Il est d'une intransigeance incroyable. Il ne fait aucune concession au spectacle, aux variétés, à la télévision ; son mépris et son détachement sont stupéfiants pour un gamin de son âge. Je comprends mieux sa personnalité. Ce que j'ai pris pour une timidité maladive est le refus d'un mode de communication formaté. Sa liberté intérieure n'a aucune limite. Nous nous imaginons réincarner Narcisse et Goldmund, les personnages de Hesse. Nous revendiquons un contact authentique et unique avec les œuvres d'art et de l'esprit. Nous franchissons ce monde obscur d'un pas aérien. Nous avons hérité d'une mission, d'un secret que seuls les initiés savent déchiffrer. Louis se vit comme un templier des temps postmodernes. C'est une fiction. Elle est tellement naïve. Mais elle m'arrache à la vie morte du quotidien, à la superficialité, à l'absence de transmission familiale. Nos pères n'ayant pas eu de dieu, comment pouvons-nous avoir un père ? La passion de Louis est contagieuse. C'est plus qu'une passion. C'est une Quête.

C'est également du temps gagné sur le travail scolaire inutile. Mes notes baissent un peu. Celles de Louis sont très basses. Il fait de son incapacité de fonctionner une noblesse. Je lui sers d'alter ego imaginaire.

Sur le pont Neuf, il fait nuit. Louis me demande si j'ai déjà été amoureux. Il veut que je lui raconte mes expériences avec les filles. Cette interrogation revient occasionnellement. C'est un moyen de les vivre par procuration, lui qui n'a rien vécu.

Je ne souhaite pas accéder à sa demande pour ne pas avoir à lui décrire les relations que j'entretiens avec les autres élèves de la classe. Lui n'a que moi. Si notre amitié m'est d'une valeur particulière, je n'en continue pas moins de voir mes amis, notamment des filles. Il m'est arrivé plusieurs samedis de le quitter pour une soirée, sans rien lui dire, ni aux autres d'ailleurs.

Je ne veux pas en parler non plus car il est bien trop idéaliste. C'est la raison pour laquelle il n'a encore jamais embrassé personne. Son idéalisme n'est pas négociable. Il veut être amoureux. Il l'est même sûrement en ce moment, comme je le devine à travers certaines de ses remarques, d'un amour platonique, sans vouloir rien me dire, peut-être par peur du ridicule, ou pour ne pas être découragé, ou simplement par humilité. Alors je lui raconte mes petites histoires en étant le plus flou possible, en essayant de ne pas trop gonfler ma virilité, avec lui c'est inutile.

Accoudé au comptoir du café de Pigalle où je l'ai rencontré une première fois, le garçon me sert un expresso. L'idée de revoir François Kermadec et de supporter à nouveau ses simagrées ne m'est pas particulièrement agréable. Mais puis-je faire autrement ? Cela m'est venu d'un coup, au milieu de la nuit, il collectionne sûrement les photos de classe de sa scolarité. J'ai attendu neuf heures du matin pour l'appeler. En voyant les visages des élèves, ma mémoire devrait pouvoir se réveiller. Il m'a répondu par l'affirmative. Il possède toutes ses photos de classe, dûment répertoriées dans un album. Il y a donc aussi celles de seconde et de première. Nous avons convenu d'un rendez-vous. Mais j'y pense : il aurait pu me les scanner ! Pourquoi un geek comme lui ne me l'a-t-il pas proposé ? Il a au contraire aussitôt suggéré que nous nous revoyions.

« Alors ?! On poireaute ?... »

Cet imbécile me tape dans le dos. Mes mains retiennent ma tasse, de peur de la renverser.

Immédiatement, mon acolyte se lance dans un discours incompréhensible. Je refuse d'en suivre le déroulement narratif et observe ses bras s'agiter. Sa main droite tient une enveloppe, certainement la photo. Il l'agite de haut en bas tout en parlant. Ma tête suit le même mouvement.

Il se rappelle soudain ce que j'attends de lui. Il se tait et ouvre l'enveloppe. Il en sort une pochette en carton, l'ouvre en deux comme un livre et me montre la photo, sans me la tendre. Il se colle à mon épaule et regarde attentivement. Je le dévisage, irrité.

Puis, à mon tour, je regarde les élèves poser. L'image est vieillie. Nos vêtements sont passés de mode, nous sommes aussi laids que les jeunes d'aujourd'hui sur leurs photos de classe.

Je m'observe en premier comme tout un chacun. Louis est absent. Il n'était certainement pas encore arrivé lorsque la photo a été prise. Puis, mes yeux circulent et s'arrêtent sur une fille brune. C'est elle. Je n'ai aucun doute. Je n'ai pourtant aucun autre souvenir d'elle, mais je ne me trompe pas. Elle est la fille de mon souvenir. Elle est brune, les cheveux longs, plutôt jolie. Je ne me souviens pas l'avoir draguée. Afin de ne pas éveiller l'attention de François, je désigne quelques élèves et lui demande leur nom. Il s'exécute immédiatement. Il ne fait aucune erreur. Il se souvient de chacun d'entre eux. Je pose alors mon doigt sur elle.

« Cécilia Da Costa. »

Son nom ne me dit rien.

« Avons-nous été avec elle plusieurs années ?

– Non, cette année-là seulement. Elle venait des classes pourries, 3ᵉ A ou 3ᵉ B, je ne sais plus. Comme elle travaillait bien, ils l'ont mise dans notre classe.

– Et son intégration s'est bien passée ?

– Je crois, je ne sais plus. En fait, je la connaissais mal. Mais si tu veux plus de renseignements sur elle, demande à Caroline, là (il m'indique sur la photo une petite boulotte avec un large sourire), je la vois toujours. Elle pourra t'aider !

– C'est celle-là ? Elle est tout près de moi. Je la connaissais bien ?

– Bof. Vous avez dû essayer de la draguer quelquefois, puis vous êtes vite passés à une autre cible.

– Qui ça, "vous" ?

– Eh bien toi et ton voisin, là. Celui qui est à côté d'elle. »

J'observe de plus près la photo. Effectivement, il y a un blond à la mèche rebelle entre elle et moi, le portrait craché du chanteur Philippe Katerine. Il esquisse un sourire narquois, la bouche ouverte, l'air de dire quelque chose.

Tout en le fixant, j'ajoute :

« Et lui, je le connaissais bien ? »

Pas de réponse. Je redresse la tête. François me regarde, interloqué.

« Tu déconnes ? »

Nous restons muets tous les deux. Il lève les sourcils. J'essaie de sauver les apparences. Son nom doit me revenir. Mais il ne revient pas. François s'apprête à me le dire.

«Yann Vandel», dis-je soudain.

Je n'ai pas prononcé ce nom depuis plus de vingt ans.

«Oui, bien sûr! Je me souviens bien de lui», dis-je à un François rassuré.

Yann Vandel, mon pote. Que lui est-il arrivé? et pourquoi nous sommes-nous perdus de vue?

«Qu'est-ce que vous pouviez déconner à l'époque! – Ah oui? Et lui, tu sais ce qu'il est devenu?

– Ben non. Je pensais en fait que tu me le dirais.

– Moi? Mais je croyais que tu étais l'ami de tout le monde, dis-je en riant.

– Ben non. Lui, justement, il ne pouvait pas me blairer. Il passait son temps à se foutre de ma gueule. Tu étais toujours avec lui, d'ailleurs. Tu comprends mieux mon étonnement lorsque tu m'as contacté...»

Le visage de François change subitement. Il se fige et sa joue est prise d'un petit tremblement nerveux, comme s'il serrait les dents. Son regard est empli de haine, elle ne l'a jamais quitté.

«Vous étiez deux beaux enculés, en fait!» ajoute-t-il d'un rire jaune.

Il me tape sur l'épaule pour avoir l'air de parler du bon vieux temps. Le malaise est là et nous nous renfermons dans le silence. Je suis un peu soulagé en mon for intérieur. Je n'ai jamais été pote de ce Kermadec. Ni avant, ni maintenant. Les secondes passent comme des heures. Je profite de son silence pour lui demander les coordonnées de sa copine Caroline. Il s'empresse de me les donner.

« Elle sera contente de te revoir. Enfin... je pense », dit-il, hésitant.

Je le regarde à mon tour avec circonspection. Ne me jette-t-il pas dans un traquenard ? Non, je ne crois pas. Il n'est pas assez rusé pour cela. Je termine mon café et me retire après l'avoir salué chaleureusement.

Jennifer Sibony n'aime pas la médiocrité. Elle est belle, change chaque jour de tenue. Sa mère lui paye Carita, un coiffeur paraît-il de luxe, toutes les deux ou trois semaines. Tout est à sa place, pas un détail n'est laissé au hasard. Les garçons bavent en la regardant. Ils réagissent parfois par l'injure mais toujours à voix basse pour ne pas qu'elle les entende, car ils conservent tous un secret espoir. Ce jour-là, elle porte un ensemble noir cintré et une minijupe. Un fin liseré ocre traverse le tout de haut en bas. Le noir de ses collants neufs brille sous les néons de la classe qui, sur elle, sont comme des projecteurs. On ne la verrait jamais s'abaisser à porter les mêmes marques que nous, pourtant déjà très chères. Parfois une fantaisie, un foulard Naf Naf, ou des chaussures Kookaï, histoire de montrer qu'elle connaît, qu'elle est au-dessus de cela. Mais elle ne les met pas plus de quatre ou cinq fois.

Les professeurs semblent parfois gênés en la voyant arriver. Heureusement pour elle, ce sont souvent des femmes. Comment les hommes réagiraient-ils ? Un tel déluge de perfectionnisme physique confine probablement, et qui plus est à cet âge, à la faute de goût, mais personne ne le dit, car cela n'est rien à côté de la perfection de ses résultats scolaires. Elle n'a jamais connu l'échec, pas une seule fois. Ses copies sont systématiquement citées en exemple. Déléguée de classe, elle rayonne en silence, comme une princesse angélique. Elle ne veut pas avoir de défauts. Elle est intouchable.

Yann est passé depuis longtemps à l'offensive, sans effet. Elle nous gratifie le matin d'un sourire radieux, elle n'a jamais besoin d'être méchante comme peuvent l'être parfois ses copines.

En la voyant partir, Yann, au bord de l'explosion, nous dit :

« Visez un peu ! Y a les poils de sa chatte qui dépassent ! »

On rigole bien. Ça nous permet de décompresser et de faire un peu jouer notre imagination.

Olivia nous regarde avec un œil de pigeon triste. N'y a-t-il rien pour elle ? Elle produit tant d'efforts pour se nipper comme son amie. Non, rien n'y fait. Stéphanie, quant à elle, feint d'ignorer notre comportement, elle le trouve indécent. Elle serait très jolie si elle ne s'habillait pas comme un sac.

Le nouveau est comme les autres. Jennifer fait tomber un stylo de son sac à ses pieds. Le petit Louis se précipite pour le ramasser, il est à côté. Trois garçons ont pourtant réagi rapidement en piquant un sprint. Trop tard. Elle gratifie le petit Louis du même large sourire. À son tour, il se retourne pour la regarder marcher.

Quel contraste entre ce déluge obséquieux de perfection, à écœurer les garçons, au sens propre comme au figuré, et la tristesse asséchée du mioche qui ne dit pas un mot !

La prof d'anglais nous rend les copies. Encore un 18 pour Jennifer. Le deuxième a 16, le troisième 14, puis on entre dans l'univers indifférencié de la médiocrité scolaire. Le troupeau s'y amasse sans comprendre. Un seul autre élève se distingue. Le nouveau, Louis Pujalte, avec son 2. Il semble ne pas avoir très bien compris les règles de la compétition scolaire dans les lycées de l'Ouest parisien. Comment fait-on pour avoir 2 en anglais ? Obtenir un tel résultat ne peut être que le fruit d'un effort acharné. Il ne dit rien, ne bronche pas, n'a pas l'air plus malheureux que d'habitude, ce qui serait effectivement difficile. La prof l'interpelle mais il ne réagit pas. Il fait comme s'il n'avait rien entendu. Ça a quand même dû le sonner un peu. Il tient sa copie dans la main. Je me penche pour la regarder. La prof a écrit en gros : GHS.

J'interpelle la prof :

« Madame !? Que veut dire GHS ? HS, c'est "hors sujet", mais G ?

– Gigantesque.

132

– Ah ? D'accord. »

À la fin du cours, elle nous annonce une sortie scolaire. *Hamlet*, de Shakespeare, dans la mise en scène de Patrice Chéreau, avec Gérard Desarthe. Le nom de Chéreau ne m'est pas inconnu. Mon père m'en a déjà parlé. Les élèves n'ont pas vraiment l'air de savoir qui il est, ni de se réjouir de cette sortie.

« L'un d'entre vous a-t-il déjà lu *Hamlet* ? » demande-t-elle avec une arrogance à peine voilée.

Aucune réaction. Je tourne la tête. La main de Louis se lève avec lenteur. Arrivée au niveau de son menton, elle chute lourdement sur la table. Cela vaut mieux ainsi, ce serait vraiment ridicule. Personne ne l'a vu à part moi.

« Bien, alors, puisque personne ne l'a lu, je vous conseille de vous informer un peu. C'est pas simple simple à comprendre. »

Tels sont ses derniers mots.

Quelques jours plus tard, nous arrivons, après un long périple, au théâtre des Amandiers, paraît-il La Mecque du théâtre contemporain. Mon père me le confirme avant de partir. Le voyage est long, les élèves ne savent pas très bien où ils sont. Ça ne ressemble à rien de ce qu'ils ont l'habitude de faire. L'arrivée au théâtre est assez fascinante. Les immeubles sont tous modernes, des barres à perte de vue. Mais où sommes nous ? Y a-t-il réellement des gens qui vivent là ?

La salle se remplit. Une haute rivalité apparaît soudain pour le choix des places. C'est le sprint. Je m'installe au centre avec Yann, juste derrière Jennifer et Stéphanie. Nous attendons sagement.

Le spectacle commence. L'acteur est très bon, c'est indéniable. Le plateau scénique est en revanche beaucoup trop grand et la mise en scène m'échappe en partie. Les voix se perdent dans une acoustique lointaine. La salle s'assoupit peu à peu. Louis n'en perd pourtant pas une miette. Il réserve sa critique à nos entretiens ultérieurs.

Jennifer regarde en l'air dès les cinq premières minutes du spectacle. Peut-être n'est-ce simplement pas son monde ? La première de la classe s'emmerde ferme dans Shakespeare. Le plafond du théâtre des Amandiers n'a plus de secret pour elle. Mais comment est-ce possible ? Comment l'Éducation nationale peut-elle se satisfaire d'une évaluation qui valorise à ce point une élève qui n'a pas la moindre curiosité pour la culture classique ? Elle a toujours 20 en latin, c'est le plus important. Yann, quant à lui, se contente d'observer les comédiennes. Il est un peu déçu, dans *Hamlet* il n'y en a pas beaucoup.

Le retour se fait dans les voitures de parents d'élèves qui ont eu le courage de venir nous chercher. Tout le monde est fatigué. La BMW du père de Thomas est garée en double file. Il doit en ramener quatre, mais un cinquième s'impose à l'arrière. Il discute avec le père d'Olivia, qui, lui, a choisi de faire confiance à Audi. Ils sont tous deux fort étonnés de la destination exotique de cette sortie culturelle. Pour quoi faire, ces gros théâtres de banlieue ? C'est fait pour *ceux qui* n'ont pas accès à la culture. Eux, les *ceux qui*, ils n'en font pas partie. Ils ne vont pourtant pas beaucoup au théâtre. Ils préfèrent jouer au tennis, le week-end, au parc de Saint-Cloud. Mais dénoncer l'inculture, c'est une façon de se dire cultivé. C'est comme dénoncer le racisme, c'est pour dire qu'on ne l'est pas, raciste. C'est à celui qui dénoncera le plus.

Mais vous comprenez, madame, les Français sont *très* racistes et *très* incultes.

Louis me parle souvent de ses parents, non pas pour m'expliquer qui ils sont, je ne sais rien d'eux, mais pour me dire ce qu'ils symbolisent, une autorité qui l'étouffe. Il rêve d'exploits romantiques, d'où son désir de découvrir Paris, de s'y perdre. Je ne lui en parle pas, mais, personnellement, je sors déjà beaucoup. Rien d'inconnu, cependant. Je reste cantonné à mon milieu et celui de mes camarades de classe. Je ne vois pas Louis m'accompagner dans ces soirées. Il se planterait dans un coin sans bouger. Ce n'est pas ce qu'il veut. Lui, il souhaite surtout vivre en dehors des sentiers battus. Il ne peut pas s'adapter à une norme sociale ni jouer les mondanités. Il hait ce que la bourgeoisie peut avoir de plus actuel. Il voudrait au contraire la bouleverser. Il ne supporte pas non plus le carcan scolaire. Les contenus éducatifs sont trop peu liés à la culture générale, la compétition n'est pas faite pour lui. Il vit à travers les livres et les idées. L'école est là pour former des cadres, pas des écrivains. Il se voit totalement détaché. C'est d'ailleurs plutôt réussi. Il me parle souvent de sa mère de façon un peu ridicule. Une personne sans convictions, sans idées, morte d'inquiétude pour ses résultats scolaires. Il lui est impossible de bien faire à l'école. Au contraire, il s'enorgueillit d'échouer. C'est le signe de son authenticité, la preuve de son inefficacité. Il ne sera jamais le rouage d'une machine. Il ne fonctionne pas. Les notes lui sont devenues indifférentes. Comment reconnaître l'évaluation faite par des ménagères qui ont tout lu de travers pour avoir leurs diplômes ?

De l'absence de ma mère, nous ne parlons jamais. Mon père prétend comprendre les jeunes. Faut-il choisir la société contre nos parents ? Ses parents ne sont pas aidés, Louis le constate. Ils ne veulent rien attendre de la société. Ils sont pour lui des perdants. Bien que très jeune, il a déjà une certaine forme de recul par rapport à son milieu d'origine. Pourquoi alors ses parents accordent-ils tant de crédit à l'industrie scolaire ? Elle participe à leur perte. Pourquoi ne vont-ils pas jusqu'au bout de leur raisonnement ? Qu'espèrent-ils ? Louis a hâte de tout quitter. Il ne veut pas penser à la suite. Je n'y pense pas beaucoup non plus et sa passion m'emporte derrière lui.

Un texto reçu en classe sur mon portable me demande de venir voir le principal immédiatement après la fin de mon cours. C'est une procédure inhabituelle. Je ne m'inquiète pas outre mesure. Que pourrait-on me reprocher ?

J'arrive dans son bureau, et Verchère m'invite à m'asseoir. Farid est assis en face de lui. Il ne se retourne pas, ne me salue pas, ne me regarde pas. Sa tête est engoncée dans ses épaules. Il semble prostré. Étrangement, il porte ses lunettes. Il ne les met jamais, sauf pour lire. Cela lui donne un air sage. Verchère attend de me voir assis pour commencer à parler. Je prends mon temps, essaie de rester zen et me répète intérieurement : il n'y a pas de problème, tout va bien.

« Monsieur Ziani ici présent n'a pas rempli ses bulletins à temps pour le conseil de classe des 5e B. Il prétend ne pas avoir été averti de la date limite.

– Ah bon ? dis-je, interloqué, ce n'est donc que cela...

– Vous êtes, je vous le rappelle, le professeur principal de la 5ᵉ B. À ce titre, vous êtes tenu de veiller à l'enregistrement des moyennes de l'ensemble des professeurs, dit Verchère d'un ton de commissaire politique.

– Oui, bien sûr. Habituellement, il n'y a aucun problème. Chacun s'occupe de lui-même comme un grand. Les conseils ont tous lieu au même moment, il n'est donc pas possible d'oublier.

– Il dit que vous ne l'avez pas prévenu. Cela expliquerait son retard, me répond-il, feignant de ne pas avoir entendu mon argument.

– Ah bon ?... Et tu n'as pas non plus rempli les bulletins de tes autres classes ? dis-je à Farid, effaré par la tournure ubuesque que prend notre petit rendez-vous.

– Si, fait-il de la tête, toujours sans me regarder.

– Là n'est pas la question ! nous interrompt Verchère. Il faudrait impérativement que chacun prenne ses responsabilités, et je constate que cela n'est pas le cas. »

Atterré, je n'ai rien à ajouter. Je regarde Farid, il reste stoïque. Que lui arrive-t-il ? Il a dû être pris par le temps à cause d'une de ses sorties. Ou bien a-t-il simplement oublié ? Il se décharge autant que possible sur les autres. Je l'observe, il ne bouge pas. Il m'est difficile de lui en vouloir. Depuis quatre ans professeur principal, je n'ai jamais été confronté à ce genre de situation. Au pire, je rappelle parfois aux retardataires, entre deux portes, de reporter les moyennes. Mais tout le monde sait ce qu'il a à faire.

Verchère continue sa logorrhée. Sans doute est-il très content de cette situation absurde qui lui permet de me tenir. Une « erreur » commise par un enseignant est un moyen pour lui de prendre de l'ascendant, de justifier son statut. À chacun sa technique, la sienne est bien rodée. Il en profite pour me rappeler l'épisode Sofiane Rachedi. Pour lui, ce n'est qu'un nom, un problème à résoudre et à classer. Ce qu'il a fait puisqu'il m'en parle au passé. J'essaie de ne pas me démonter et soutiens son regard fermement. Farid, en revanche, est six pieds sous terre. Il ne devrait pas se laisser dominer. Est-ce une tactique ?

Après quelques instants de palabres désagréables, nous nous saluons.

Sans me retourner, je sors et vais chercher mes affaires dans la classe. Je débarrasse mon bureau, glisse un à un mes livres dans mon cartable. Puis je sors prendre l'air. Dehors, sur les marches, Farid est seul. Il me regarde arriver vers lui sans bouger, puis il baisse les yeux. À quoi bon chercher à lui parler ou à lui demander des comptes ? Il n'était pas lui-même. Mais il m'est difficile de me retenir.

« Tu peux m'expliquer ce qui t'a pris ? lui dis-je calmement.

– Quoi, ce qui m'a pris ? me répond-il sèchement.

– Depuis quand j'ai besoin de t'envoyer une convocation pour que tu fasses ton boulot ?

– Ce n'est pas le problème. C'est toi qui n'as pas fait ton boulot. Tu veux qu'on retourne voir Verchère pour savoir qui n'a pas fait son boulot ? »

Je suis sidéré. Il me dit ça sans ciller. La mauvaise foi le transforme en flic. Je n'insiste pas. Je le quitte, marche jusqu'au feu, traverse, puis me retourne et le regarde de loin. Il est dans la même posture, raide. Sa tête est baissée, son blouson ouvert pend comme un malheureux bout de tissu. C'est encore plus grave que ce que je pensais. Il ne peut même pas s'avouer à lui-même son erreur. Il fait n'importe quoi. Il balance entre deux personnalités excessives. Mister Hyde s'est transformé en Docteur Jekyll. Je vais déjeuner seul. À quoi bon s'épuiser ?

Le téléphone sonne. C'est Arnaud. Il m'appelle pour m'annoncer le prochain rendez-vous de *La Jouisseuse*. Il souhaiterait que la réunion ait lieu chez lui car il n'est pas certain de vouloir continuer l'aventure avec Charlotte. Il me demande si j'ai une meilleure idée. Espère-t-il que ce soit moi qui m'en occupe ? Il prend le temps de m'exposer en long et en large son problème. Je l'écoute patiemment. L'indifférence fait peu à peu place à l'agacement. Je n'ai pas l'intention d'accueillir tout ce beau monde chez moi, je n'avais déjà pas envie d'y retourner. Ou bien est-il en train de me tester, de m'annoncer une fausse nouvelle concernant Charlotte pour voir où en est mon engagement dans la revue ?

Sous le coup de l'émotion de ma journée de travail, la voix d'Arnaud ne me réjouit pas outre mesure. Il vaut mieux faire confiance à son propre jugement. Sans être enclin à la paranoïa, je décide de prendre les devants, sans réfléchir :

« Je crains que ce soit sans moi pour la prochaine réunion, Arnaud.

– Comment ça ?

– Je ne sais pas encore si je continue l'aventure », dis-je d'un ton assez sec, peut-être trop sec.

Tout en retenue dans le bureau de Verchère, je laisse échapper mon amertume maintenant. Après tout, ce n'est qu'un autre petit chef à qui il faut rendre des comptes. Le fait qu'il se dise mon ami n'est qu'une façade.

Arnaud exagère un peu son étonnement. En bon chef de troupe, il me dit de venir quand même. Il me rappellera pour me tenir au courant, il doit rapidement trouver une solution et raccroche. Il ne se bat pas pour me garder. J'ai visiblement pris la bonne décision. Ma voix a-t-elle été trop ferme ?

En quelques secondes, je viens de mettre un terme aux derniers liens sociaux qui maintenaient en vie, de façon illusoire, la vocation de mes seize ans.

Je corrige mes copies au collège. Je le fais souvent. Que vais-je écrire sur celle de Sofiane ? Comment arriver à me faire comprendre sans le décourager ?

L'établissement est vide, il est dix-huit heures trente, peut-être même un peu plus tard. La porte de la salle des professeurs est ouverte. Je me lève plusieurs fois pour aller marcher dans le couloir et je reviens m'asseoir. Je profite du silence. J'entends les bruits de mon corps. J'éprouve le besoin de sentir le temps passer lentement, je ne veux être pressé par rien.

Une fois que j'ai terminé, je range mes cahiers. Je pense à mon dîner. Après réflexion, je me décide pour un petit bar à tapas dans le XXᵉ arrondissement. C'est sur mon chemin. J'essaie d'être content de mon choix. Je prends mon casque et dévale le couloir vers la sortie. J'aperçois la nuit à travers la vitre de la porte d'entrée.

« Alors ?! Qu'est-ce que tu fais encore là à cette heure-ci ? »

C'est Samia. Je ne l'ai pas vue débouler par le couloir de droite. Je suis surpris. J'ai dû sursauter en la voyant. Elle sourit, comme si elle m'avait pris la main dans le sac. Mais qu'ai-je fait de mal ? Pourquoi ai-je toujours l'impression de devoir me reprocher quelque chose avec elle ?

« Rien ! J'ai corrigé des copies. Et toi ?

– J'avais des rendez-vous avec des parents d'élèves. »

Elle est en effet accompagnée d'une dame à qui elle prend le temps de dire au revoir. Puis, silence… Nous restons là sans bouger. Elle est soucieuse. Je redoute d'en savoir plus. La dernière fois, c'était vraiment pénible.

Nous sortons sur les marches du perron.

« Tu ne te dépêches pas de rentrer et de retrouver ta petite famille ? dis-je pour meubler.

– Bien non. Ce soir, les enfants dorment chez leur grand-mère. Demain, c'est samedi.

– Ah ? Vous allez enfin avoir une soirée pour vous deux ? C'est bien ! »

Je ne sais pas ce que j'ai dit, mais ça n'a pas l'air de lui plaire. Elle me regarde avec ses yeux noirs, longuement. Le bruit de la circulation est intense. Je ne sais pas quoi faire de son silence.

« Je vais aller dîner au restaurant », dis-je pour remplir le vide.

Elle ne répond pas, c'est insupportable. Que Farid est-il allé lui raconter ce soir ? Il n'a pas pu à nouveau me compromettre, pas après le sale coup qu'il m'a fait l'autre jour.

« Viens avec moi, si tu veux, je te dépose. »

Elle me suit. Nous montons à deux sur ma Yamaha. Ça n'a pas l'air de la déstabiliser. Elle est stoïque. Ses bras enlacent ma poitrine. Arrivée près de chez elle, elle me dit qu'elle ne veut pas rentrer. Je lui propose de venir au restaurant avec moi, elle accepte en hochant la tête.

Nous passons la soirée ensemble. On parle de tout et de rien. L'ambiance se détend un peu au cours du repas et j'arrive même à la faire rire quelques fois. Nous parlons du collège, surtout. Des collègues que nous n'aimons pas et des élèves. Puis de ses enfants : elle a inscrit l'aîné au conservatoire et au judo. Elle aimerait partir avec eux au ski, mais ça l'effraie un peu, elle n'en a jamais fait. De plus, la préparation du voyage et le coût lui semblent insurmontables.

« Comment s'appellent-ils déjà ?

– Samy et Inès.

– Ah oui ? C'est marrant, j'en ai au moins deux ou trois dans chaque classe qui s'appellent comme ça.

– Oui, je sais. Il y en a pas mal en ce moment, dit-elle, volontairement évasive.

144

– Et tu passes beaucoup de temps à t'occuper d'eux ?

– Il faut bien. L'avenir ne s'annonce pas tout rose.

– Mais non, au contraire... Tout porte à penser que l'avenir est à eux.

– Pourquoi es-tu si confiant ?

– Parce que les normes, et les rapports à la norme, vont évoluer. C'est inévitable. »

On évite de parler de Farid et je ne lui dis pas que nous sommes en froid. J'essaie de m'intéresser à elle. Sa peau est soyeuse et ses seins sont lourds. Puis, lentement, la soirée se termine. Elle n'a pas très envie de rentrer, fait tout au ralenti. Je paye l'addition. Une fois dehors, je la vois m'attendre, immobile. Je m'approche d'elle, elle ne bouge toujours pas. Je me penche alors vers elle et l'embrasse. Elle se laisse faire. Nous restons enlacés un instant. Son odeur est suave. La chaleur de son corps me réchauffe dans le froid de la nuit.

Elle me suit chez moi, d'abord par curiosité. Elle veut voir dans quel bordel je vis. Je ne présage rien de la suite. Elle regarde mes affaires et mes livres, semble curieuse. Cela lui change-t-il les idées ? Son quotidien est répétitif. Je n'ai pas l'impression de profiter d'elle. Je suis assis sur mon lit et l'observe déambuler dans mon appartement. Puis elle vient me rejoindre. Elle s'assied à côté de moi et nous nous embrassons à nouveau. Je la caresse à travers ses vêtements et je lui retire son pantalon. Elle se laisse faire. Mon excitation est à son comble. Je caresse ses jambes. Elles sont douces. Elle ferme les yeux et cherche à se détendre. Je glisse ma main sur son sexe. Mes doigts effleurent ses lèvres humides. Elle ne fait rien, comme si elle attendait depuis longtemps qu'on s'occupe d'elle. Vient-elle réclamer son dû ? Une taxe sur les infidélités supposées de son mari ? Elle se redresse et retire son haut. Ses seins sont impressionnants. Elle me regarde naturellement, sereine. Puis elle se met entièrement nue et s'allonge en fermant les yeux. Je la vois à peine dans la pénombre. En entrant nous n'avions allumé qu'une lampe dans l'entrée. Je me déshabille à mon tour, m'allonge contre elle et la pénètre rapidement. Elle n'est pas surprise. Elle gémit tranquillement pendant que je la travaille. J'essaie de rester souple et de durer longtemps, tout en guettant le moindre signe sur son visage. Je me redresse sur mes bras et effectue des mouvements amples. Ses râles se font de plus en plus sonores. Je regarde devant moi. Sur ma table, j'aperçois la petite main jaune. Elle me rappelle comme dans un murmure innocent : « Touche pas à mon pote. » Que suis-je en train de faire ?

Samia me demande de ne pas venir en elle. Ce sont les mots qu'elle emploie. Je donne une dernière accélération et décharge sur son ventre après m'être retiré d'elle.

Nous restons allongés l'un à côté de l'autre quelques instants. Puis elle se lève, va dans la salle de bains, se rhabille et m'attend assise au bord du lit.

Je m'habille à mon tour et la raccompagne chez elle dans la nuit. Il n'est pas très tard.

Il fait beau cet été-là à Ramatuelle. Nous avons dix-huit ans. Nous venons de passer notre bac, tous avec mention s'il vous plaît. Nous pouvons maintenant tout oublier. C'est déjà fait. Mon père m'a laissé la maison une semaine et j'ai invité quelques amis. Le soir, nous écumons les boîtes de nuit et nous passons la journée à ne rien faire au bord de la piscine ou sur la plage. Philippe est avec sa copine Cécile, qui vient d'arriver, moi avec Élodie. Je l'ai rencontrée quelques semaines plus tôt. Elle ne rentre qu'en première. On a baisé tout de suite. Elle est charmante. Son rire est communicatif, son ingénuité touchante. Mais, il faut le reconnaître, bien qu'excellente élève, elle est d'une superficialité consternante. Pour m'aider dans ce dilemme, je me suis à cette époque plongé dans Baudelaire.

Un matin, il doit être déjà dix heures, mon père arrive. Il roule en décapotable. Il est avec Hélène depuis peu. Nous sommes comme des légumes autour de la piscine. À sa descente de voiture, à contre-jour, on dirait

Maurice Ronet, avec ses lunettes de soleil, son déhanche-
ment féminin, son sourire ironique, sa présence virile.
Quelle classe incroyable ! Puis, en le regardant mieux, je
le vois tel qu'il est réellement. Son sourire bête, sa façon
de nous faire la bise, d'attraper les filles qu'il n'a jamais
vues par les épaules, de leur lancer un regard séducteur.

Nous sommes la jeunesse avachie. Deux autres amis
sont venus séjourner une semaine avec nous. Céliba-
taires, ils passent leurs journées à commenter leurs derniers achats, à dragouiller des laiderons, sans réel succès,
le tout sous un vernis de réflexions politiques vaguement
gauchistes. Arrivé sur les lieux, un homme structuré par
le sens des responsabilités nous aurait, à l'instant, passé
par les armes. Mon père, lui, déambule joyeusement
entre nos transats, les restes de bouffe et autres canettes
de la veille. Il veut faire jeune. Mais nous ne sommes pas
jeunes ! Nous sommes déjà fatigués.

Philippe est le plus brillant d'entre nous. Il arrive parfaitement à passer du coq à l'âne. Il peut lire Montaigne
pendant quinze jours, puis draguer des caissières et des
coiffeuses la semaine suivante sur une plage de Sainte-
Maxime. Il prend le temps de leur dire ce qu'elles
veulent entendre et les termine le soir même à l'horizon-
tale. Ensuite, il enchaîne une autre semaine à dévaliser
les boutiques de fringues avec sa petite amie du XVIᵉ et
pour finir revient à ses livres tranquillement. Je n'y arrive
pas. Ma vie est mal barrée. Je ne deviendrai jamais journaliste à Canal +. Mon intransigeance, même si je

parviens à la masquer encore un peu à cet âge, me condamne à la fonction publique.

Mais d'où me vient-elle ?

À leur arrivée, nous avons sorti une table de la remise, nous l'avons nettoyée puis dressée rapidement sous le tilleul. Nous avons déjeuné là. Mon père est content. Il faisait encore nuit quand il a quitté Paris. Grâce à son petit bolide, il n'a mis que sept heures. Il est fier.

La maison n'est pas en bon état. Il l'a laissée vieillir et n'a pas entrepris de travaux notoires depuis au moins une quinzaine d'années. C'est là, très simplement, qu'il nous annonce sa décision de la vendre. Il fait un petit discours public, tout le monde s'en fout, afin d'éviter une conversation en tête à tête. Il faut être moderne. On ne va quand même pas s'attacher à un lieu, comme les ploucs s'attachent au village de leurs origines, sous prétexte qu'on y a des souvenirs d'enfance. Mon père a besoin de fric pour sa nouvelle femme. Son boulot ne rapporte plus assez pour son train de vie. Je ne dis plus un mot jusqu'à la fin du repas. Il veut savoir si l'on a croisé du monde. Les deux gamines qui nous essorent les couilles se lancent alors dans une description passionnée et détaillée de toutes les immondices vues à la télé, croisées quelque part dans la rue, sur la plage ou ailleurs. Je n'en peux plus. Effectivement, pourquoi garder une maison dans un lieu pareil ? Autant partir dans la Creuse, au moins on y serait tranquilles. Je détourne alors la discussion :

« Tu as lu *Le Monde* hier ?

– Non. Quelles sont les nouvelles ? demande-t-il en feignant la curiosité.

– Ils parlent de Mitterrand. Il semblerait avoir été très proche de ce Bousquet qu'un type vient d'assassiner.

– Oui, oui..., dit-il, dubitatif. Tout ça, on le savait déjà.

– Mais c'est bien, dis-je. Ça prouve que Mitterrand est un personnage complexe. C'est pas le connard arriviste que l'on pouvait imaginer. Il a aussi été un homme de conviction... »

Mon père n'ajoute rien. L'agression d'un fils trop gâté et pas content de perdre ses jouets ne doit pas le troubler. Sinon, à quoi bon dire du mal de l'icône qui incarne l'époque de notre fortune si providentielle ?

Le rendez-vous de cette après-midi avec Caroline m'angoisse. Les élèves sont joyeux et je n'y pense plus. Au loin, Dylan parle avec Sofiane. C'était déjà lui que j'avais aperçu lui parler l'autre jour. Peut-être y a-t-il une piste ? Sofiane pose son sac à terre, l'ouvre et en sort des CD. L'autre les regarde un à un puis les rend. Il fait une grimace du genre, je connais déjà. Sofiane range tout dans son sac et s'éloigne. Il pose l'épaule contre un tuyau d'évacuation et baisse le regard dans le vide, hagard, jusqu'à la sonnerie.

J'intercepte alors Dylan, il parle à d'autres enfants en courant vers l'escalier.

« Quoi ?! me dit-il en fronçant les yeux.

– Sais-tu à quel jeu joue Sofiane chez lui ?

– Ben… à *World of Warcraft* », me dit-il en une expiration incompréhensible.

Je le laisse rejoindre ses amis. Je sors de ma poche un bout de papier et note le nom énigmatique.

Nous sommes dans un café de la Butte-aux-Cailles. Il fait beau. C'est une petite rue protégée au milieu des barres d'immeubles. Les bobos y sont chez eux. Caroline a changé de quartier. Elle me raconte sa vie avec parcimonie, elle est un peu méfiante. Je n'insiste pas. Je ne suis pas là dans ce but. Ils ont discuté avec François avant ce rendez-vous. Qu'a-t-il raconté à mon propos ?

Je me sens observé. Elle me regarde plusieurs fois, l'œil en coin. Elle porte un gros pull bleu-gris. Elle le tire jusqu'au bas de ses fesses pour les cacher. On les imagine ainsi plutôt grosses. Ses cheveux sont courts. Elle a fait une école d'ingénieurs mais ne s'est pas ensuite épanouie dans son métier. Elle s'est donc orientée vers une autre activité. Le travail des cadres en bureau a toujours été un mystère pour moi. Je suis incapable de distinguer un métier d'un autre. Ça a l'air bien payé, c'est l'essentiel. Elle me trouve changé, un peu fatigué. C'est sympathique, mais ça ne me fait ni chaud ni froid. Elle est également étonnée de me savoir professeur.

« Je t'imaginais devenir acteur, ou journaliste, devenir comme une espèce d'Antoine de Caunes sur Canal +... »

C'est un uppercut. Donc, aujourd'hui, il est plus valorisant d'être speakerine que professeur ? Je ne fais pas de commentaire. Je ne m'habitue pas à ce genre de phrases. Elles ressortissent à un processus de déculturation. Voilà où finissent nos premiers de la classe. Quand on pense que Sartre ou Dumézil sont allés enseigner dans des petits lycées de province une fois agrégés...

Cela en dit également long sur ma réputation de lycéen. Je n'avais pas l'impression pourtant d'être si populaire, mais plutôt de fréquenter ceux qui l'étaient. On ne peut se figurer dans quel mépris je tiens ce point de vue aujourd'hui. Et peut-être déjà le cas à l'époque, qui sait ?

« C'est Stéphanie qui est devenue une journaliste brillante finalement », dit-elle avec une pointe d'admiration.

J'essaie de ne montrer aucun étonnement et tente de l'emmener lentement sur le terrain des souvenirs :

« Tu t'entendais bien avec Cécilia Da Costa ?

– Pas spécialement, fait-elle, étonnée. Elle n'a été avec nous qu'une seule année. En seconde, elle est partie ailleurs, je ne sais plus où. Pourquoi me parles-tu d'elle ?

– Je ne sais pas. Comme ça. Pourquoi ?

– Parce que toi et ton pote Yann, surtout lui d'ailleurs, vous n'arrêtiez pas de l'emmerder.

– Ah bon ? Pourquoi ?

– Ça, ce serait plutôt à toi de me le dire ! » dit-elle en riant d'un air gêné.

Elle détourne constamment les yeux en cherchant à éviter mon regard. Je suis intrigué. Y a-t-il autre chose que j'aurais oublié ? Je reviens à la charge :

« Te souviens-tu de l'avoir vue pleurer un jour ?

– À quelle occasion ?

– Je ne sais pas, n'importe laquelle.

– Non, je ne vois pas. Pourquoi ? Elle aussi vous l'auriez fait pleurer ?

– Pourquoi, "elle aussi" ? »

Caroline ne répond pas. Elle me regarde intensément. Dans un premier temps, elle ne dit rien. Puis elle se lâche :

« Vous passiez votre temps à emmerder tout le monde. Je me souviens, un jour de mardi gras, vous étiez habillés n'importe comment tous les deux. La plupart des élèves ne se déguisaient plus. Mais vous, vous étiez venus avec des tenues extravagantes ou choquantes. Yann s'était accroché une espèce de grosse bite en plastique à son pantalon. Elle lui pendait jusqu'aux genoux, comme un vieux ressort. Dans la cour, il était entouré de ses admirateurs, toi le premier.

– Moi ? Un admirateur ?

– Ah oui, ça, c'est certain ! Mais il n'y avait pas que cela ce jour-là. Vous faisiez des cadeaux.

– Des cadeaux ?

– Oui, mais empoisonnés. À François, Yann lui avait offert une pipe, histoire qu'il en ait une "au moins une fois dans sa vie". Vous l'aviez agrémentée d'une cassette VHS. C'était un porno. Pour l'aider, dans sa solitude. Yann se vantait d'avoir organisé un commerce de cassettes pornos. Il avait le matériel pour enregistrer

Canal + et faire plusieurs copies. Quand on y pense aujourd'hui, quels cons vous étiez ! »

Elle se tait. Je ne dis rien. Puis elle ajoute :

« Je le savais. Je ne voulais pas venir. J'étais certaine que j'allais m'énerver et je ne le veux pas. Ça n'en vaut pas le coup. *Vous* n'en valez pas le coup ! »

Je n'arrive pas à comprendre ces attaques. Elle me parle de trucs qui ont eu lieu il y a si longtemps. J'ai donc été un tel poids pour elle ? Et moi ? C'est moi ici le traumatisé. C'est de mon souvenir et de mon oubli qu'il s'agit. Toutes ces histoires sont en dehors de moi. On me parle d'un autre personnage. Ce n'est pas à moi que c'est arrivé. J'ai tout oublié, toute ma scolarité. Ils auraient pu me décrire avec une personnalité opposée, je les aurais crus. Ce n'est pas moi. Je n'arrive pas à me projeter à la place de mes élèves pour la même raison.

Pourquoi Cécilia pleurait-elle ce jour-là ?

Je ne sais plus quoi dire à Caroline. Elle n'est pas très jolie. Peut-être suis-je pour elle le même connard qu'avant ?

Nous reprenons la discussion et échangeons quelques banalités, puis nous nous levons et quittons le café. En sortant, je la sens tendue. L'air est lourd, presque irrespirable.

« Tu sais, tu es le premier garçon que j'ai aimé.

– Ah bon ?

– C'est incroyable quel connard tu peux être ! »

Elle tourne les talons et s'en va d'un pas précipité. Je

regarde son derrière se tortiller. Je ne peux m'empêcher d'imaginer que des types ont quand même bien dû y trouver leur compte.

Le cynisme m'a-t-il achevé ?

Allongé sur mon lit, je repense à Samia, elle me raconte l'histoire de sa vie par bribes lors de nos rencontres. Je l'écoute patiemment, parfois elle s'arrête car elle croit que cela ne peut pas m'intéresser.

Je la relance alors, essaie de ne pas trop parler de moi en retour. Nos vies ont-elles été vécues en négatif ?

Elle est née à Cergy-Pontoise, mais passe son enfance à Chanteloup-les-Vignes. Son père est ouvrier dans la fameuse usine Talbot dont la fermeture au milieu des années quatre-vingt plonge la population des nouveaux quartiers de cet ancien village du Vexin dans une pauvreté qu'elle pensait avoir laissée derrière elle. Les loyers ne sont plus payés. En l'espace de quelques années, les immeubles tombent en ruine.

Samia a huit ans, aime l'école, on peut même dire que c'est toute sa vie. Elle s'y sent valorisée, chez elle.

C'est un soir de novembre. À table, la télévision est allumée, les enfants ne se sont rendu compte de rien. Le père l'éteint exceptionnellement et annonce qu'il lui faut retourner au pays. Une phrase sèche dite avec beaucoup d'humilité. Sa mère ne réagit pas, la famille finit le repas en silence, puis son frère rallume le poste. Il faut à Samia plusieurs mois pour comprendre que son père s'est retrouvé au chômage. Rien n'a été dit. Elle le déduit en entendant des enfants de l'école dont la famille est dans la même situation en parler. Il a cherché pendant plusieurs mois puis a décidé de passer l'hiver en Algérie pour régler un souci familial. Il ne revient une première fois qu'un an et demi après, pour quelques semaines, puis une autre fois trois ans plus tard pour une période encore plus courte. Vers l'âge de treize ans, elle et son frère apprennent qu'il est remarié et qu'il a eu d'autres enfants.

Son départ est pour les enfants une libération. Ils n'osent bien sûr jamais le dire, les difficultés financières de la famille deviennent d'un coup insurmontables. La mère de Samia donne pourtant l'impression de reprendre goût à la vie, elle s'habille différemment, se maquille légèrement. Elle trouve un travail de femme de ménage dans un hôtel à Roissy. Le directeur l'aime bien, et comme elle parle et présente bien et qu'un poste se libère, elle passe agent d'accueil le matin. Par le biais d'une amie, elle est embauchée pour la même fonction à la mairie de Saint-Ouen, d'abord comme vacataire. Sa demande de logement au centre-ville aboutit quelque temps plus tard, dans un petit immeuble HLM réservé notamment aux fonctionnaires territoriaux et donc, selon elle, bien fréquenté. En cinq ans, elle redresse seule la barre et réussit à quitter la ville en perdition qui a vu grandir ses enfants.

Une après-midi, Louis et moi voyons *Persona* de Bergman dans un petit cinéma du Quartier latin. Nous ne sommes pas du tout cinéphiles, mais comme tant de jeunes avant nous, nous avons pris l'habitude de nous rendre dans ces salles dont la programmation balance entre d'un côté les chefs-d'œuvre de l'histoire du cinéma et, de l'autre, les plus gros nanars d'avant-garde. En sortant, nous reprenons notre discussion : Louis parle, je l'écoute. La beauté esthétique du film l'a marqué. Cette réduction au silence est à l'image de sa propre vie. Le mutisme est sa seule vie sociale. Comme s'il faisait la grève des paroles inutiles. Chez Gibert, il achète deux volumes de Mircea Eliade, un d'Artaud, et m'offre *Thomas l'obscur* de Maurice Blanchot qu'il vient de découvrir dans son enthousiasme juvénile.

« C'est pas au bahut que tu liras ça ! »

Les rues du quartier Saint-Sulpice sont encore un peu vivantes à l'époque. Les boutiques de fringues n'ont pas massacré le lieu.

Nous décidons ensuite d'aller boire une bière. Nous sommes un peu trop jeunes, ça passe juste, mais nous en avons pris l'habitude. Je fais un peu plus vieux que mon âge, et Louis, curieusement, a une bonne descente.

Je choisis un café à la belle devanture rouge. En entrant, c'est une déception. Nous avons une préférence pour les vrais troquets. À l'époque certains bars commencent déjà à offrir une ambiance aseptisée, nommée *lounge* des années plus tard. Ce n'est pas tout à fait ici le cas, mais je vois Louis faire la grimace. Il y a des posters au mur, une sorte de fausse ambiance cosy, et une bonne femme en guise de serveuse qui nous regarde arriver avec une moue malveillante. La voix aigrelette de Patrick Bruel s'exhale d'un haut-parleur. Louis fait volte-face et nous reprenons notre route pour un lieu plus authentique.

Une vingtaine de mètres plus loin, un café sans prétention nous contente. Pas de musique, trois vieux au comptoir à l'œil vitreux et à la mèche suintante, le serveur, sale, mais en tenue, c'est parfait. Je me place devant et passe la commande. Le garçon n'y voit ainsi que du feu. Ce n'est d'ailleurs jamais un problème. Je ne sais pas pourquoi Louis souhaite que l'on prenne cette précaution. Il commande aussi un verre de vin blanc. Je n'apprécie pas le vin à cet âge, je m'en tiens à la bière. Je le regarde avaler son ballon d'une traite avec curiosité. Ce n'est pas pour se donner un genre, il aime vraiment cela. Puis on fume au comptoir des Gitanes brunes sans filtre achetées un peu plus tôt. Je prends l'initiative de communiquer avec les vieux piliers, mais ce n'est pas facile. Ils nous regardent du coin de l'œil avec amusement.

Nous repartons vers l'ouest, sans direction précise. Nous traversons le quartier des Invalides, le Champ-de-Mars, puis la Seine jusqu'au Trocadéro. Il est déjà tard, nous sommes hébétés, silencieux. Cela nous arrive souvent après un long moment de dialogue intense. J'ai soudain une idée :

« Et si nous allions chez ma mère ? Elle habite tout près, avenue Paul-Doumer. »

Surpris, Louis acquiesce. Je ne lui ai jamais présenté personne. En fait, ma mère est absente. Elle est une nouvelle fois partie aux États-Unis. Elle est pourtant censée me garder un week-end sur deux. Mais le plus souvent je n'y vais pas. Si elle est là, on se voit pour déjeuner. Parfois, de plus en plus rarement, elle m'oblige à rester dormir. J'ai chez elle une belle chambre. Mais je ne m'y sens pas chez moi. Je n'ai pas envie de raconter cela à mes camarades de classe, et Louis ignore tout de ma situation familiale, même s'il doit commencer à en avoir une esquisse.

J'ai toujours sur moi, à mon trousseau, la clé de son appartement. Nous marchons en silence jusqu'à la porte de l'immeuble. Sur le chemin, je n'arrête pas de me dire que ce n'est pas une bonne idée. Une fois à l'intérieur, il fait nuit, j'allume les lumières. Louis observe l'appartement dans la même posture prostrée qu'il a en classe.

« Il n'y a personne ? » dit-il d'un ton à peine surpris.

Il continue à ne pas me poser de questions sur moi ou ma famille. C'est tacite entre nous : nous ne parlons jamais de nous, seulement de nos enthousiasmes et de nos désirs.

« Pourquoi vis-tu avec ton père ? dit-il pour déroger à la règle.

– Ma mère est partie. Ça s'est décidé comme ça. Une fois revenue à Paris, elle n'a pas souhaité changer nos habitudes.

– Où est-elle partie ?

– À New York. Elle a suivi une espèce de flambeur.

– Mais comment s'est-elle payé un appartement comme ça ?

– Je ne sais pas. Aujourd'hui, elle est très occupée. Elle fait de la communication pour une marque de prêt-à-porter américaine. »

Sa curiosité s'éveille. C'était inévitable. Je ne veux pas m'étendre avec lui sur le sujet. Mon milieu est trop éloigné du sien. Cette sensation d'avoir autour de moi des gens qui ne font que des faux boulots... Ça parle aux femmes, mais à Louis ? Que peut-il y comprendre ? À cet instant, je regrette vraiment d'être venu ici.

Des années plus tard, j'ai appris comment ma mère s'était acheté cet appartement ; grâce à une magouille d'un ami banquier. En plein contrôle fiscal, elle avait

quitté la France avec, paraît-il, un beau paquet de fric.
Je n'en ai jamais vu la couleur. Elle est restée aux États-
Unis quelques années. Je l'ai vue une fois par an. Elle y a
vécu avec un autre type du même genre que le précédent. Ensemble, ils se sont convertis à une nouvelle
religion, inconnue chez nous. Elle a pris toute leur énergie. Puis, finalement, elle est rentrée en France pour se
faire soigner d'un cancer. Elle a disparu quelque temps
plus tard.

Louis me suit dans le couloir. En marchant devant
lui, j'allume les lumières dans chaque pièce. Il s'arrête et
m'attend. Dans le salon, il y a de nombreuses photographies encadrées. Louis voit quelque chose. Son regard
s'échappe immédiatement, comme s'il ne voulait pas
voir ce qu'il a vu, comme s'il avait été face à un exhibi-
tionniste. Je ne dis rien, je veux seulement m'assurer
qu'il n'y a rien de compromettant. Ma mère a posé sur
la cheminée une grande photographie. On la voit assise
avec une amie, elle-même à côté d'une autre femme et
probablement de son compagnon. C'est l'ancien Premier ministre Laurent Fabius. Peut-être ma mère se
sent-elle fière de fréquenter du beau linge ? Elle l'affiche
ainsi dans son salon devant tous ses invités.

J'ai dans ma chambre une bibliothèque. La plupart
des livres ne sont pas à moi, mais je sais que Louis se
plairait à les consulter. Je le laisse seul un instant puis
lui montre le volume de *Mort à crédit*, laissé lors de ma
dernière visite. C'est une façon pour moi de lui dire que

nous restons complices, quoi qu'il arrive. Mais il ne réagit pas. Son visage est fermé. La photo semble l'avoir choqué. Il regarde les livres, l'un après l'autre, imperturbable.

« Tu as lu ça ? » dit-il d'un ton ironique.

C'est un roman de Romain Gary.

« Non, c'est à ma mère, je pense. »

Il prend le livre, le feuillette, puis le range à sa place. Je n'ai jamais rien lu de cet écrivain.

« Et ça ? »

Belle du seigneur d'Albert Cohen. J'ai toujours entendu mes parents louer ce livre.

« Tu l'as lu ? dis-je avec curiosité.

– Non, non. Quelques pages seulement.

– Et alors ? »

Il ne dit rien. Puis il ajoute que c'est à moi de me faire ma propre idée. Je me sens battu. Il n'y a pas de grands engagements sans grandes répulsions, notamment chez les jeunes. Mais il n'y a rien de plus désagréable que de voir ses propres goûts raillés. On passe pour un naïf et l'autre pour un connaisseur. Louis ne perd jamais son temps à décrier ce qu'il rejette. Ses enthousiasmes sont trop forts. Mais, comme je le comprendrai plus tard, son rejet de l'époque lui fait considérer comme suspect tout écrivain que celle-ci reconnaît. Du reste, il ne s'agit pas de mes goûts mais de ceux de ma famille. Je suis incapable de défendre un livre que je n'ai pas encore lu et que d'ailleurs, comme je le découvrirai des années plus tard, je n'aimerai pas non plus.

J'essaie de retrouver de la consistance. Naïvement, je cherche le premier classique disponible.

« Ça, c'est un de mes auteurs préférés, dis-je d'un ton inspiré en lui montrant *Gargantua* de Rabelais.

– Non ?! dit-il en riant. Tu es sûr ? *Un de tes auteurs préférés*, répète-t-il ironiquement.

– Pourquoi ?

– Pour rien. Tu peux ! C'est ton droit le plus intime », me répond-il en ricanant sur le mot *intime*.

Je me sens jugé à travers ses critiques. Elles ne sont pas clairement formulées. Mais Louis pense tout haut.

Il regarde à nouveau la bibliothèque. Les trois quarts des livres sont américains. Je me doute de ce qu'il va dire. Sur le mur d'en face, il y a une vidéothèque VHS.

« Ici, il y a des films », dis-je pour le détourner des livres.

Ce sont des cassettes, en anglais le plus souvent. Louis se détache des livres lentement et se rapproche de moi de l'autre côté de la pièce.

« Tu as vu *The Servant* de Joseph Losey ? C'est un chef-d'œuvre. Écoute l'histoire : un jeune homme de bonne famille s'installe dans une grande maison avec son nouveau domestique, un valet parfait. Petit à petit, les fonctions s'inversent et le maître devient esclave, se livrant totalement au contrôle de celui qui a été son serviteur... »

Louis ne réagit pas. Il me demande s'il y a les sous-titres. Je lui dis que non. C'est une cassette achetée en Angleterre.

Je lui montre un autre film : *Do the Right Thing* de Spike Lee : un incident déterminé par une multitude de causes sociales et culturelles révèle les divisions raciales.

« C'est super. Je viens juste de l'enregistrer en V.O. sur Canal. Là aussi, il arrive à produire un vrai retournement des valeurs ! » dis-je, enthousiaste, croyant mon dernier argument imparable.

J'essaie aussi d'inverser nos rôles. C'est Louis d'habitude qui me fait découvrir des œuvres. Il reste silencieux, concentré.

« Ils déconstruisent les idées reçues, les a priori ? demande-t-il d'un air lointain.

– Oui ! dis-je, sûr de moi.

– Et en quoi le fait de retourner les valeurs est-il un argument d'autorité pour évaluer la valeur esthétique d'une œuvre d'art ? »

Je suis atterré. Je n'ai rien à dire. Je balbutie :

« C'est un argument comme un autre. Ils entendent déconstruire le fait social pour arriver peut-être… à dire de nouvelles vérités… plus profondes… »

Ma voix est presque inaudible en fin de phrase. Je ne sais pas quoi ajouter. Je suis trop jeune et trop peu cultivé.

« Mais alors, reprend-il, s'il faut déconstruire pour

dire le vrai, qui déconstruira la déconstruction ? N'est-elle pas aujourd'hui la première des idées reçues ? »

Je suis K.-O., il poursuit :

« À force de fouiller dans les profondeurs, on finit les pieds dans la merde. Quand dire le vrai devient systématiquement dire le pire, c'est fini, c'est la mort qui l'emporte », ajoute-t-il en m'achevant.

Nous regardons encore un instant la pile de cassettes, puis je propose à Louis de rentrer chez nous.

Nous descendons jusqu'au Trocadéro et prenons, fait exceptionnel, le bus 30. Puis nous longeons la rue de Courcelles. Au croisement de l'avenue de Wagram, je le laisse s'échapper. Je reviens sur mes pas. Je le vois au loin remonter tête baissée son chemin.

Comment peut-on à ce point vivre contre le monde ?

Farid est prostré sur sa chaise, son demi à moitié vide. La situation entre lui et sa femme ne doit pas venir sur la table, surtout pas avec moi, pas maintenant. Il a souhaité me contacter de nouveau après notre froid, je n'ai pas hésité longtemps. Trop d'amis perdus, trop d'amitiés interrompues. Il pleut dehors, la Conciergerie est grise. Les touristes affrontent vaillamment les intempéries d'un pas cadencé.

« Tu sais, je ne voulais pas t'enfoncer avec Verchère ! C'est lui qui a cherché à me coincer. Je ne savais pas quoi faire sur le moment.

– Ce n'est pas grave. Le problème est réglé maintenant... »

Pourquoi Farid a-t-il voulu me retrouver au cœur de Paris ? Peut-être pour profiter un peu d'une ville qu'il ne prend pas le temps de regarder ? Ou bien est-il au contraire un habitué du lieu ? Ses yeux sont fuyants. Ils regardent imperturbablement vers le fond de la salle. Plusieurs fois, je me retourne. Il n'y a rien.

« Quel connard, ce Verchère ! Il veut que je retourne le voir lundi prochain.

– À propos de quoi cette fois ?

– Je ne sais pas. J'avais déjà séché un rendez-vous il y a dix jours. Je ne vois pas pourquoi il faudrait que je réponde favorablement à ses appels. Il veut nous apprendre notre métier.

– Personnellement, je vais plutôt faire profil bas pendant quelques mois. Il me cherche, ce n'est pas sain.

– Il faudrait leur expliquer les choses ! dit-il d'un ton hargneux.

– Et c'est toi qui vas leur expliquer ?

– Non, non. Il faudrait un prof hors de tout soupçon, avec qui il n'y a jamais eu de problèmes.

– Pourquoi tu ne demandes pas à Samia ? »

Et voilà ! Une petite incartade pour réintroduire sa femme dans la conversation, je fais donc le contraire de ce que j'ai prévu. Incapable de me contrôler, j'attends de voir sa réaction. Il n'en a aucune et change rapidement de sujet. Faut-il continuer à l'écouter parler et être insatisfait ? Le jeu est dangereux. Il me faut clarifier cette histoire.

« Et sinon, tu es sorti ces derniers temps ?

– Non, non. Je n'ai rien fait de spécial.

– J'ai croisé Samia. Elle m'a parlé d'un showcase ou de je ne sais plus quoi.

– Non, non. J'ai acheté une nouvelle console de jeux

pour les enfants. Elle n'était pas contente. Elle dit que c'est surtout pour moi que je l'ai achetée.

– Vraiment ? Tu joues à des jeux chez toi ?

– Oui... pas toi ?

– Non, jamais. Je n'en ai jamais eu l'idée.»

Farid se ferme. À quoi bon le cuisiner ? Sa situation familiale est compromise, nous le savons tous les deux, mais il préfère faire l'autruche. Imagine-t-il seulement jusqu'où je suis allé ? A-t-il le moindre doute ? Il vide son demi et en commande un autre.

«Et tu connais bien les jeux vidéo ?

– Oui, un peu.

– Penses-tu qu'il est possible de jouer au point de se couper totalement du monde extérieur ?

– Oui, c'est certain. Je crois qu'au Japon, des ados qui ont été violentés par la compétition sociale se retranchent chez eux et ne sortent plus pendant parfois plusieurs années.

– Mais sans aller jusque-là, est-il possible d'y développer quelque chose comme une deuxième vie, dans laquelle on incarnerait un autre soi-même ?

– Bien sûr. C'est le principe des jeux de rôle en ligne multijoueurs. Pourquoi ? Tu comptes démarrer une nouvelle vie ? dit-il en riant.

– Non, non. Je m'informais, voilà tout. C'est tellement loin de moi...»

Je réfléchis un moment. Serait-ce un moyen d'entrer en contact avec Sofiane ?

Mon téléphone sonne, c'est Philippe. Il me demande des nouvelles, me raconte sa vie. Les phrases d'usage. Je ne veux pas faire attendre Farid mais je n'arrive pas à raccrocher. Philippe me sent pressé, il me demande où je suis. Il est aux Halles. Il arrive.

« C'est un ami. Il est près d'ici, il va venir nous rejoindre, dis-je à Farid, un peu gêné.

– C'est un prof ?

– Non. Un journaliste.

– Tu connais des journalistes ? Monsieur fréquente du beau monde. Tu l'as connu comment ?

– À l'école, puis on a fait plus tard une partie de nos études ensemble.

– Ah oui, c'est vrai ! Tu viens de chez les rupins, toi ! »

J'essaie d'orienter la conversation vers un autre sujet. Farid n'insiste pas. Il s'en fout, n'a pas le moral.

Asseoir Philippe et Farid à la même table. Il y a trente ans, on aurait peut-être eu peur du comportement de Farid et de la réaction de Philippe, aujourd'hui, c'est le contraire. J'espère que Farid n'aura pas trop l'impression d'être face à un extraterrestre, Philippe vit dans une telle bulle !

Je commande un verre de vin.

Philippe débarque d'un pas vif, en contraste avec tout ce qui nous entoure. Il est heureux, jauge Farid en une fraction de seconde, et il lui serre la main à la cool comme s'ils étaient potes de cité. Farid en revanche le regarde à peine. Il se ferme peu à peu. Philippe monopolise la parole un bon quart d'heure, il nous parle de ses succès, de ses projets. On s'en fout, mais je mime la curiosité par politesse. Malheureusement, ça le relance dans ses descriptions enthousiastes, cela devient pénible. Construire sa vie, est-ce encore possible ? Carrière, projets familiaux... Tout paraît tellement rigide.

Je m'affale moi aussi dans mon siège et n'écoute plus beaucoup. Philippe finit par s'en rendre compte. Il se tait, un ange passe.

« Arnaud m'a dit que tu l'avais envoyé sur les roses ? dit-il d'un ton faussement surpris.

– Oh non ! J'en ai assez de *La Jouisseuse*. Je ne sais pas où l'on va.

– Tu ne contribuais plus vraiment... Tu as raison. Cela rend les choses plus claires pour toi et pour nous. Tu as d'autres projets ?

– Pour l'instant, non. »

Philippe n'ajoute rien. Lui et Arnaud ont déjà décidé de me virer. C'est étonnant, cela devrait me sidérer, et pourtant, je m'en fous. J'essaie de trouver quelque chose à dire mais Philippe reprend :

« Ça va avec Julie ? Vous vous êtes rabibochés ?

– Je ne sais pas. On va voir.

– Fais gaffe. Il faut prendre soin de ces choses-là.

– Je sais », dis-je sans le regarder.

Je ne veux pas en discuter non plus. Elle a dû l'appeler. Ou bien le contraire. Mais ça ne m'intéresse pas. Décidément, je ne sais pas pourquoi on se voit.

« Et sinon, où en es-tu de tes recherches sur ton souvenir, là... le truc qui est revenu à la surface ? » fait-il en agitant la main.

Étonné qu'il mette ça sur le tapis, je me sens un peu mal à l'aise, mais Farid ne réagit pas.

« Je pense avoir un tableau à peu près complet, dis-je en essayant de jouer l'indifférence.

– Et tu as retrouvé la fille ?

– Oui... enfin, son nom... les circonstances aussi. Nous étions le jour de mardi gras et on s'est foutus d'elle. C'est probablement à cause de cela qu'elle pleurait.

– Vous avez fait quoi ?

– Oh ! Des conneries d'ados certainement. J'avais un pote qui était apparemment une véritable terreur. J'ai essayé de repenser à lui. Je l'ai cherché sur Internet mais je ne l'ai pas trouvé. On me l'a dépeint comme un salaud. Dans mon souvenir, il n'était pas comme ça. C'était au contraire un type blessé, amoureux d'une autre fille.

– On a tous des souvenirs de filles. Mais moi je préfère ne pas y penser. Je suis très content de les oublier. Tu devrais faire comme moi », dit Philippe, sûr de lui.

Farid fait oui de la tête en levant les sourcils. La discussion a l'air de l'emmerder.

Nous sortons de la classe. Madame Lustig vient de nous sermonner à cause des devoirs à la maison aidés par les parents. Thomas Ducol fait le coq.

«Pourquoi tu as triché? dit-il à une petite un peu réservée qui ne sait pas quoi répondre. Tu le reconnais, quand même, que c'est de la triche?» ajoute-t-il en la harcelant.

Je vois Louis s'éclipser rapidement. Nous ne nous sommes encore jamais parlé. Peut-être se sent-il humilié? Pourquoi a-t-il reconnu l'aide de ses parents? A-t-il recopié un livre? Pourtant, il n'en a pas besoin. Il bâcle les devoirs qu'il n'a pas envie de faire, dont il juge, souvent à raison, les sujets superficiels. Sa mère, prise de panique, les fignole, puis, sous la pression parentale, il les recopie. Je comprends cela plus tard.

Yann sort à son tour de la classe. Lui, au moins, on est sûr que ses parents ne l'ont pas aidé avec son 9/20. Il s'en fout.

Il est très fort mentalement. Il conjure la dictature

des marques par le haut. Levi's de haut en bas et chaussures Stan Smith. Il a ainsi toujours pu éviter la faute de goût, sans pour autant se ringardiser.

« Qui a fait mieux que moi ?! Qui ?! »

Il est déjà occupé par ses préparatifs.

Cécilia nous suit à quelques mètres. Elle a eu une bonne note. Pas aussi bonne que Caroline ou Jennifer, mais quand même une bonne note. C'est mardi gras. Yann dans la cour s'est accroché une grosse bite en plastique à la ceinture. Elle pend jusqu'aux genoux. Il l'a fabriquée lui-même avec un tuyau en plastique souple et un peu de peinture. Il s'est appliqué à chiader les détails, comme les grosses veines sur le côté, façon Roberto Malone, dont il possède plusieurs films en cassette grâce au progrès culturel apporté par Canal + à la jeunesse française. À chaque pas, elle se balance d'avant en arrière. Tout le monde rigole. Sur la tête, il a enfilé un énorme cache-oreilles rose, pour symboliser la paire de couilles. Il a ajouté quelques points noirs pour faire les poils. Il cherche Cécilia, il se colle à elle, par-derrière, en plaçant sa fausse queue entre ses fesses. Elle part indignée, il pousse lui-même des cris en exagérant le plaisir ou l'indignation selon son humeur de l'instant, puis il recommence avec elle ou avec une autre.

Nous sommes plusieurs à le suivre. L'excitation collective nous prend aux tripes. Effectivement, nous sommes une petite cour. Nous célébrons sa prestation. Je ne saurais pas dire qui sont les autres. Certains sont aussi déguisés. Yann me prête une fausse soutane de prêtre. Il ne me dit pas comment ni où il l'a trouvée. Il l'avait prévue pour lui, mais il a dû finalement opter pour la grosse bite. Il a d'abord pensé pouvoir garder les deux en même temps, mais la soutane s'est avérée être trop longue et la bite trop souple pour relever convenablement la robe. Chaque détail compte…

Mon col de chemise dépasse. Je l'enlève et ne garde qu'un simple tee-shirt blanc. Nous formons la paire. Lui provoque et moi je l'excuse avec emphase. Yann s'attaque surtout aux filles, même si Kermadec se prend un coup de queue au passage. Il est petit et gros. Il n'est pas content. Il court. Yann le suit en grognant. Plus il fuit, plus Yann l'assaille. Finalement, c'est moi qui le pousse en arrière, violemment. Yann est déjà loin devant aux prises avec une autre victime. Pas une fois il ne s'en prend à Jennifer. Il est amoureux d'elle, à sa façon. Elle rigole bien. Il faut la préserver, avec son physique de poupée Barbie brune si sage et si studieuse… Quelle stupéfiante beauté ! Ses parents pleins aux as… Sa garde-robe exceptionnelle… Yann fanfaronne devant elle. Il sait pourtant qu'il n'a pas la bonne religion pour la conquérir. Mais aucun autre garçon n'a son charisme. Comme les autres, elle suit ses exploits et n'exprime aucune pitié à l'égard des victimes à qui, comme à Cécilia, avec son pantalon en vinyle imitation cuir, elle n'adresse jamais la parole.

Je suis fatigué. Nous ne nous demandons pas si nous

faisons du mal à certains élèves. Il vaut mieux être méchant le premier. C'est à ça que sert l'école. C'est l'école de la vie. Ne surtout pas protéger les enfants, les laisser se confronter aux violences. Les forts en ressortiront d'autant plus forts. Et les faibles…

La sonnerie annonçant la fin de la récréation, nous rentrons tous gentiment en classe. Chacun doit encaisser seul son statut social. Yann est la police, Jennifer le tribunal. Tout s'étalonne à partir d'eux, sans qu'ils aient jamais besoin de se concerter.

Il est dix-sept heures, le collège est tranquille, les fauves sont partis. Un parent d'élève m'a donné rendez-vous. Au café pour patienter, j'ai bu lentement mon verre. Le temps est agréable, l'air est léger. Pourquoi mon rendez-vous est-il si tard ? N'y pensons plus.

Au premier étage, des collègues sortent l'un après l'autre de la salle 101. Ils me regardent tous, médusés. Le conseil de classe des 6e D était à seize heures ! Cela me revient d'un coup, je suis tétanisé par mon oubli. Voilà la raison de cette rencontre si tardive avec mon parent d'élève !

Dans le couloir, tapi dans l'ombre, j'aperçois au loin Verchère empiler ses dossiers. Il vaut mieux qu'il ne me voie pas. Certains collègues en passant se foutent de moi, d'autres ne disent rien, indifférents.

Une fois arrivé dans ma salle, je prends le temps de respirer quelques instants après avoir fermé la porte à clé, puis de téléphoner au secrétariat pour donner une justification. Je suis bloqué dans les transports en commun. Avec un peu de chance, l'heure de mon appel ne sera pas relevée. Le père d'Idriss attend derrière la porte le professeur de son fils censé lui transmettre les délibérés du conseil. C'est toutefois un élève avec lequel il y a peu de chances de se tromper...

Un peu plus tard, après avoir expédié mon rendez-vous en encourageant le parent d'élève – c'est finalement la meilleure méthode depuis que nous ne faisons plus redoubler –, je retrouve les collègues dans la salle des professeurs.

Paulo vient à ma rencontre et me propose d'aller boire un verre. Je le suis, nous sortons du collège.

Au comptoir, il prend une bière et moi un whisky.

« Qu'est-ce qui t'arrive ? Tu n'y es plus ! Verchère ne va pas te louper !

– Que veux-tu qu'il fasse ?

– On a l'impression que tu n'es plus là. Que tu es pris par autre chose...

– Je ne sais pas. J'essaie simplement de reconstituer un puzzle dans ma mémoire.

– Un puzzle ? C'est toujours ton histoire de souvenir qui revient ?

– Oui.

– Alors moi aussi, comme une fille quand j'avais treize ans n'a pas voulu m'embrasser, il faut que je prenne trois semaines de congé maladie parce que je ne m'en serais jamais remis et que ça me revient à intervalles réguliers tous les dix ans ?

– Non, il ne s'agit pas de cela. Ce n'est pas un souvenir de bluette. Je ne pense pas beaucoup à mes amours. Et en l'occurrence, elles ont toujours voulu que je les embrasse », dis-je en riant... bien que je n'en sache rien.

Paulo me chambre. J'ajoute, lucide :

« Je me demande ce qu'a été ma vie comme élève. Ce qu'elle a conditionné comme échecs dans ma vie d'aujourd'hui. J'ai l'impression qu'une partie de moi est restée bloquée à cette époque. Cela doit être la même chose pour nos élèves mais nous ne pouvons rien pour eux. Ils sont sur une autre planète et, quelle qu'elle soit, je crois que nous ne savons que les enfoncer. Certains d'entre eux s'en sortent. Mais ils ne le doivent qu'à eux-mêmes, pas à nous !

– Bon ! C'est un peu aussi grâce à nous. Disons plutôt que les profs sont plus interchangeables qu'ils ne l'imaginent !

– On fait tout de travers. L'école est une prison. Les élèves y sont trop souvent les bourreaux d'autres élèves. Pourquoi un groupe devrait-il correspondre à une seule classe d'âge ? Et pourquoi un même groupe devrait suivre ensemble les différentes disciplines ? Si on arrivait à individualiser réellement les parcours, aussi bien sur la forme que sur le fond, les élèves s'épanouiraient davantage. Ils vivraient moins l'école comme un carcan cadenassant leur émancipation.

– Oui, pourquoi pas…, dit-il, circonspect.

– L'école devrait être là pour émanciper, elle fait le contraire. On leur enseigne la littérature pour qu'ils ne lisent plus jamais de livres. Pareil pour les sciences ! Tout ce que l'école touche, elle l'abîme ! À dix-huit ans, à leur sortie du lycée, avec ou sans bac, bons ou mauvais, les élèves rêvent leur avenir uniquement dans des voies qui n'ont pas été abordées par l'école.

– N'essaie pas de refaire toute l'Éducation nationale ! Tu n'es pas là pour ça. Et ce ne sont pas ces questions-là qui te taraudent autant ! Je ne pense pas ! » dit-il, l'air amusé.

Le regard de Paulo s'immobilise, il rougit. En me retournant, j'aperçois Samia. Elle s'approche de nous en souriant.

« Je peux m'asseoir avec vous ?

– Bien sûr ! dis-je avec empressement.

– De quoi parlez-vous ?

– De rien, de l'école. »

Paulo a du mal à reprendre la conversation. Samia l'intimide autant qu'elle m'intimidait quand je la connaissais peu. Habituellement, elle n'entre pas dans ce café. Paulo est perturbé. Il ne faudrait pas qu'il en vienne à se douter de quelque chose. Il se décide à ouvrir la bouche pour lui demander où est son mari.

À cet instant, j'aperçois Verchère. Il marche dans la rue et longe la devanture. Je me sens fébrile. Il marque un temps d'arrêt, regarde vers l'intérieur, se dirige vers la porte, s'arrête à nouveau, hésite, puis finalement se retourne et s'en va. Je le suis d'un regard inquiet.

Je souffle. Paulo et Samia n'ont rien vu. Nous discutons une quinzaine de minutes des élèves, puis Paulo s'en va.

Samia a l'air sereine. Je décide d'évoquer Sofiane. Elle a un peu entendu parler de lui mais ce n'est pas son élève et il ne l'a jamais été, elle ne voit même pas à quoi il ressemble. Je lui fais part de mon désarroi, de mon sentiment de ne pas réussir à gagner sa confiance.

« Je crois que nous sommes trop durs aujourd'hui avec les garçons, dit-elle.

– Ah bon ? Cela m'étonne que tu dises ça...

– Non, il faudrait certainement plus d'hommes dans le corps enseignant... mais, en même temps, ceux qui y sont, ils sont tellement nuls !

– C'est vrai ? Tu le penses ?

– Oui, pas tous, bien sûr, mais on a l'impression que vous êtes toujours détachés, jamais investis. Surtout les jeunes profs. À chaque fois que j'en vois arriver de nouveaux, je me dis qu'ils ont l'air encore plus cons que ceux de l'année d'avant.

– Et pour Sofiane, que faire ?

– Il faudrait parler à sa mère. Tu l'as fait ?

– Oui.

– Et alors ?

– Eh bien, pas grand-chose. J'ai l'impression qu'il y a la même méfiance. Tu ne ressens pas cela, toi ?

– Chez les élèves, oui. Mais avec les parents, j'ai un bon contact. Il faudrait savoir un peu ce que la mère a sur le cœur. Sinon, tu pourrais leur faire écrire une rédaction dans laquelle ils devraient décrire leur passion, ou ce qui les intéresse le plus dans la vie. Parfois, certains se dévoilent.

– J'ai déjà fait cela avec d'autres classes. Mais la moitié des élèves sont tellement obnubilés par la note qu'ils se demandent quelle est la bonne chose à raconter pour optimiser leurs chances. D'autres ne veulent pour rien au monde soumettre au regard extérieur le cœur de leur intimité. Je les comprends, d'ailleurs. Mais bon... tu as raison, il faudrait essayer. »

Songeur, je me convaincs de retourner voir la mère.

Après un long silence, Samia reprend le fil de notre discussion sur l'école et me décrit son expérience personnelle. Nous évitons de mentionner Farid. Samia, elle, n'a pas peur des autres. En tout cas, pas de moi. Elle a surtout besoin de me parler d'elle, de son enfance, de sa famille.

À la maison, son frère est rivé à la télévision, il choisit seul les programmes. Cette appropriation est pour elle une bénédiction. Les séries américaines violentes ne sont pas sa tasse de thé, elle préfère les séries d'ados avec des filles très maquillées, habillées de vêtements fluorescents. Mais son frère ne les regarde pas. Elle se retrouve donc dans sa chambre à faire scrupuleusement, quoique sans passion, ses devoirs. Élève dans un collège pourri de Chanteloup, elle change pour un collège tout aussi pourri à la rentrée. Arrivée en 4ᵉ, de nombreux élèves sont déjà partis en CAP. La classe se compose d'élèves provenant de plusieurs classes et elle n'a pas trop de mal à se faire des amies.

En 3ᵉ, elle redevient déléguée de sa classe, elle se sent forte et, comme aujourd'hui, maîtrise plutôt bien la pression suscitée par les autres, qui est, selon elle, inévitable en toute société. Elle a des amies mais se refuse à avoir un petit copain. Elle a bien observé certains autres « sortir » ensemble, mais c'est encore rare dans le cadre scolaire, et souvent assez peu sérieux. C'est comme si elle se sentait trop mûre pour cela. À la fin de l'année, ils sont une petite quinzaine à obtenir leur brevet des collèges.

Samia n'hésite pas à se dévoiler de façon plus intime. Sa voix est faible, je me penche en avant pour l'entendre. Durant l'été de ses quinze ans, elle constate les changements de son corps. Elle se regarde souvent nue dans la salle de bains, ses seins sont déjà parfaitement dessinés. Ne partant pas en vacances en juillet, elle passe ses journées à la piscine. Son nouveau maillot met en valeur ses formes. Les garçons la matent. Cela ne lui déplaît pas. C'est seulement en seconde qu'elle connaît sa première fois, un *whole package*, tout en même temps. Dans une soirée, elle a décidé de se laisser embrasser par un garçon plus âgé, inconnu, qu'elle savait pouvoir tenir ensuite à distance. C'est allé plus loin.

Au lycée, pour la première fois de sa scolarité, les élèves blancs sont majoritaires. Ils ne sont pas tellement meilleurs. Sa perspicacité toute féminine lui permet de s'intégrer, comme on dit à l'époque. À quoi ? À la gauche, puisqu'il s'agit du seul engagement politique disponible. Elle se fait des amis, elle est invitée plusieurs fois en vacances au bord de la mer l'été, ou au camping. Elle ne peut pas rendre ces invitations, ses amis sont sympas, mais ce n'est pas non plus sans conditions. Elle sent le poids du paternalisme, surtout chez les plus politisés. Il faut bien en passer par là.

« Comment ?! Tu n'as pas lu *Génération* de Rotman et Hamon ? » s'étonnent les uns.

« Quoi ? Tu ne connais pas la différence entre les pablistes et les lambertistes ?! » disent les autres.

Honnêtement, qu'en a-t-elle à foutre de ces vieux cons ? Elle n'a pas besoin d'eux pour comprendre ce qu'elle a vécu. Ce devrait même être le contraire... Mais elle ne dit rien et observe attentivement la vie sociale. Elle sait ce qu'elle peut avoir à y apprendre.

Le trajet retour est trop court. Nous ne voulons pas rentrer chez nous aussi tôt. À l'endroit où nos routes se séparent, nous demeurons debout un bon quart d'heure, pour finalement nous résoudre à nous asseoir. Nous parlons des femmes. C'est un sujet casse-gueule. Louis en parle d'une façon théorique. Il ne les connaît pas, ne les côtoie pas. Il n'a approché que celles que l'on trouve dans les livres. Dans le réel, il les regarde comme on regarde une merveille inaccessible. C'est assurément son point faible. À chaque fois qu'il aborde ce sujet, j'essaie de l'en détourner. Il décrit comme des icônes sacrées deux ou trois filles de la classe avec qui un quart d'heure plus tôt je viens de déconner en leur parlant de ma bite ou de poils pubiens.

Jennifer le fascine comme elle fascine tous les garçons. C'est assez décevant de sa part. Mais chez lui, la fascination atteint des sommets. Ce qu'il dit d'elle n'est pas faux. Derrière une figure virginale, une pointe de vulgarité inverse son image. L'application qu'elle met à s'habiller ou à faire ses devoirs, à prendre des notes en cours, à répondre aux questions des professeurs avec à-propos, on peut facilement l'imaginer la réinvestir à s'occuper d'une queue.

Louis est curieux de mes aventures passées. Je lui raconte comment j'ai embrassé une fille lors d'un voyage scolaire. Je la connais à peine. Nous nous sommes simplement un peu regardés. La nuit est tombée. C'est une ambiance de veillée, nous reculons l'heure du coucher, c'est donc un moment propice. Par un hasard à peine forcé, mon épaule est contre son épaule. Après un instant, je me tourne vers elle, elle soutient mon regard et nous nous embrassons. Je dois avoir quinze ans. Une fois la glace brisée, nous continuons à nous embrasser toute la soirée et je peux même la peloter de long en large. Louis est fasciné. Comment la barrière a-t-elle pu sauter aussi facilement ? Toutes les femmes se laissent-elles un jour posséder par des inconnus ? Quelle confiance peut-on alors leur accorder ? Et en même temps, comment fait-on pour que cela nous arrive ?

Je ne sais pas répondre à ses interrogations. C'est dans ces moments qu'il me déçoit le plus. Comment être certain de son désir à elle ? Je l'ignore. Il se révèle mort d'inquiétude. L'idéalisme amoureux pour un garçon est une gigantesque perte de temps et d'énergie.

Un jour, il se dévoile. Il me raconte l'un de ses souvenirs. Il est saisi par l'émotion. Je l'écoute parler sans l'interrompre. Avec son ancienne école, il a fait un séjour linguistique en Angleterre. Il n'a pas encore treize ans. Lors d'une fête organisée par l'un des correspondants anglais, une Anglaise jette son dévolu sur lui. Sans aucune raison, elle s'est littéralement déclarée. C'est une fille très belle et très populaire dans le groupe d'accueil. Pour quelle raison une fille comme elle joue-t-elle ce jeu avec ce garçon ? Elle a au moins un an de plus que lui, peut-être deux, dix centimètres de plus, et elle est déjà formée. Lui est encore plus petit que lorsque je l'ai connu. C'est un enfant. Elle est très à l'aise et donne l'impression de savoir jouer avec ces choses-là. Ils dansent ensemble près d'une demi-douzaine de slows – je parle d'une autre époque. Il a le nez dans sa poitrine fort opulente. Elle sent bon et a fait l'effort de s'habiller, de se coiffer. Elle a sorti le grand jeu. Il ne comprend pas comment une fille si belle peut s'intéresser à lui. Pas un seul instant, il ne devine ce qu'elle peut attendre de lui. Qu'il joue au mec, l'embrasse ? Un type normal le ferait. Mais Louis n'est, déjà à cet âge, pas un type normal. Ça se voit. Elle l'a pourtant choisi.

À la fin de la soirée, par une autre élève interposée, une grande bringue tout excitée à l'idée de participer à ce jeu, la correspondante anglaise – il se rappelle son nom mais ne veut pas le dire – lui fait comprendre, ne le voyant pas très entreprenant, qu'elle veut monter dans une chambre pour sortir avec lui, comme on dit. Il est pétrifié et refuse. Finalement, elle vient lui parler directement, c'est plus simple, bien qu'ils n'aient presque pas échangé de mots durant la soirée. Mais lui demeure immobile, il ne sait pas quoi lui dire. Elle lui donne son adresse. Quand il rentre à Paris, il pense beaucoup à elle. Elle occupe son esprit. Il n'y peut rien. On a brûlé son innocence. Quelques semaines plus tard, il apprend par la même grande bringue qu'elle a un nouveau petit ami. Ce qui n'a pas commencé est déjà fini. Il ne peut pas la blâmer, ni même se sentir trahi. Mais il ne comprend pas, ne comprend rien. Quel est ce jeu auquel a joué cette fille ? Quelles en étaient les règles ? Pourquoi ne les connaît-il pas, même intuitivement, comme, selon lui, la plupart des gens ? Il n'a simplement pas été à la hauteur avec une fille déjà mûre, ou qui souhaitait qu'on le pense, et qui ne voulait que s'amuser, vivre des émotions intenses et profiter du moment présent. Était-il trop jeune ou déjà hors du monde ?

Un long silence s'installe. Je ne sais pas quoi lui dire. Je le sens fragile. La nuit est déjà avancée. C'est certainement la première fois qu'il témoigne de son expérience.

Quelques jours plus tard, il me donne une lettre. C'est une lettre d'amour, d'une naïveté insupportable. Je vois bien à qui elle est adressée. Il n'ose pas dire son nom, mais s'attend à ce que je le devine. Je lui fais comprendre que ce n'est pas une bonne idée. Je prends la lettre et la mets dans ma poche. Je ne veux pas que Louis se ridiculise devant tout le monde. Nous n'en parlons plus.

Un soir, Julie m'appelle. Elle me devance et m'annonce qu'elle vient d'avoir une aventure. J'essaie de ne montrer aucune émotion. Dit-elle la vérité ?

Je préfère ne rien savoir. Elle veut absolument m'en parler. J'interromps notre conversation et éteins mon téléphone. À cet instant, elle n'est déjà plus qu'un souvenir. Pourquoi discuter ? Croit-elle que j'aie assez d'énergie pour la reconquérir ? Peut-être sait-elle ce qu'elle fait et se contente-t-elle d'anticiper ma réaction ? Les femmes sont plus perspicaces. Je ne me sens pas libéré pour autant.

Je place le disque du second livre du *Clavier bien tempéré* par Ton Koopman dans mon lecteur et n'écoute que les fugues.

Quel bonheur d'être condamné par la beauté à n'être rien.

Un peu plus tard, sur Internet, je trouve toutes les explications sur *World of Warcraft*. Des millions d'utilisateurs, des inventeurs milliardaires... bref, encore une fois, je ne suis pas dans le coup. Je décide de m'abonner et entre dans tous les méandres du jeu, équipement, guildes... Je comprends également qu'il me sera impossible d'y retrouver Sofiane, qui porte comme tout le monde un pseudonyme.

Dans ce jeu, tous les hommes sont des héros, des guerriers. On ne vous demandera pas si vous avez passé l'aspirateur ou pensé à faire les courses... Inutile aussi de vous conseiller de mûrir, tu sais que c'est pour toi que tu travailles à l'école... Non, on est au-dessus de ces basses contingences quotidiennes. Vous êtes un chevalier, votre imaginaire est totalement accaparé et démultiplié.

J'ai à peine le temps de débuter, d'essayer de m'intégrer, cinq heures ont déjà passé. Il est trois heures du matin. Violemment, dans un geste de rage, j'éteins mon ordinateur sans me déconnecter du jeu. J'espère avoir tout fait planter. Je suis épuisé. Mes yeux sont secs et me font mal. Mes pensées vaquent et retrouvent un chemin un peu plus humain. Ces millions de garçons rivés à leur écran connaîtront-ils un jour une vie moins artificielle ? Qu'est-ce que la vie réelle leur propose ? Cette vie parallèle leur procure bien plus d'émotions.

Le lendemain, je décide de mettre à exécution l'idée de Samia. Décrivez votre passion ou votre rêve. Vous détaillerez quels changements dans votre vie quotidienne cela implique et vous argumenterez pour expliquer comment y parvenir.

Je ne suis pas déçu du résultat. Les élèves sont étonnamment concentrés. Sofiane écrit lentement, comme à son habitude. Il n'est pas vraiment capable de développer un texte sur deux pages. Mes yeux se tournent vers lui constamment. Donne-moi quelque chose, Sofiane ! Ne me laisse pas sans réponse.

La lecture des copies est parfois drôle, mais finalement incroyablement convenue. Je laisse celle de Sofiane pour la fin. Il n'a écrit qu'une trentaine de lignes au stylo à bille. J'ai peur d'avoir échoué. Qu'aurais-je dit à leur âge ? J'ai une dizaine de footballeurs, deux ou trois astronautes, il y en aurait eu plus il y a vingt ans, mais à l'époque, on croyait encore un peu au progrès. Deux autres rêvent d'ouvrir une boutique de fringues. C'est consternant, vendeurs de nippes ! Les filles me parlent d'équitation, certaines n'ont pourtant jamais approché un cheval. Beaucoup de vétérinaires également. Bref, rien n'a changé, si ce n'est en proportion. Les footballeurs sont parfois intéressants car, tout en me dévoilant leur rêve, ils savent déjà, aussi jeunes, qu'ils n'y arriveront pas. C'est trop tard. Cette désillusion revient souvent. Plusieurs me disent la même chose pour les études. C'est déjà plié. Une quinzaine de copies se terminent par « Mais bon, il ne faut pas trop rêver », ou encore « Je sais que ça n'arrivera pas ». Je leur ai pourtant demandé de m'expliquer comment ils comptent parvenir à leurs fins. C'est la partie la plus faible. Parfois une ligne ou deux. Les trois quarts n'en parlent même pas.

J'arrive enfin à la copie de Sofiane. Je suis pessimiste. La copie est l'une des plus sales, écrite en pattes de mouche. Les mots sont souvent illisibles. Mais je ne suis pas déçu du contenu. Il ne me parle pas de son jeu vidéo, mais il rêve d'une autre école, d'une autre vie. Bien entendu, je lis entre les lignes. Sa rédaction consiste essentiellement en la description d'une journée type. Elle ne serait en rien celle de son quotidien ordinaire. Sans qu'il le sache, elle ressemble en tout point, sur le fond, à la description que fait Rabelais de l'abbaye de Thélème à la fin de *Gargantua*. Sofiane rêve d'être sécurisé, de sortir de ce chaos furieux et obligé dans lequel on le gouverne. J'extrapole peut-être, mais je ne crois pas. Il rêve de vivre dans un collège magnifique, en pension, sans sa famille, où chaque heure serait réglée, mais différemment pour chacun. Évidemment, il place des ordinateurs un peu partout, mais n'imagine pas plus d'un élève par classe. Pas de compétition ni de notes, pas de contact avec les élèves qu'il ne veut pas voir, une obligation de silence total pour tous, tout le temps, sans doute pour ne pas avoir à supporter la névrose des autres. La possibilité pour chacun de consacrer sa vie exclusivement à sa passion. La sienne est de travailler à son ordinateur, des professeurs, l'un après l'autre, pourraient passer le voir pour le conseiller. Seuls les comportements sont notés. Ceux « qui friment » ont 0. Ceux qui sont indépendants ont 20.

J'imagine qu'il a dû puiser l'idée de ce type de collège dans un Harry Potter quelconque. Peut-être y a-t-il des jeux vidéo qui présentent ce genre d'établissement ? Dans son jeu, la société est composée de guildes et d'ordres, chacun a sa place, son rôle à tenir. Personne n'est sans rôle. Au fond, son texte est un cri de détresse contre l'anomie. Il se saisit des moyens qui sont les siens pour le dire. Je suis confirmé dans mes observations. Mais je n'ai pas plus de moyens pour l'aider. J'ai envie de lui dire : Fuis ! Fuis ce lieu de perdition. Mais pour aller où ? Je n'ai rien à lui proposer, sa mère non plus.

Je revois Samia. Parfois, elle me téléphone. Ça dure deux heures. Elle a besoin qu'on l'écoute. Ce que je fais. L'histoire de sa vie éclaire ma propre quête.

Je lui parle à nouveau de Sofiane :

« J'ai suivi ton conseil. Sa rédaction reflète bien sa situation, mais ce n'est pas très folichon en termes de perspectives d'avenir.

– Le plus important maintenant, c'est que tu communiques bien avec sa mère sur les débouchés possibles, sur son orientation scolaire. Il ne faut pas que tu laisses Verchère l'envoyer n'importe où. Il lui faut vraiment un truc pour lui.

– Tu crois qu'on peut trouver ça, un truc pour lui ? J'ai peur qu'il soit toujours déçu, et partout exclu.

– On ne sait jamais. De toute façon, il est inutile d'envisager un redoublement, si j'ai bien compris. Il vaut mieux un changement radical, qui relance un peu ses espoirs et l'oblige aussi à faire des efforts pour s'insérer dans une nouvelle vie.

– Oui, tu dois avoir raison, dis-je sans conviction.

– Souviens-toi de ton expérience personnelle d'élève, quand tu es entré en seconde, tu as forcément eu de nouveaux espoirs.

– Oh ! Mon cas personnel me semble de moins en moins un bon exemple... Toi, tu te sers de ça ? dis-je, curieux.

– Oui, quand je suis arrivée au lycée, comme je te l'ai dit, il a fallu que je m'intègre à une vie un peu différente. »

Samia me parle encore d'elle. Elle a besoin de me décrire les barrières qu'elle a dû franchir.

L'engagement politique est pour elle secondaire. Pour sa mère, devenir fonctionnaire et, mieux, professeur, est le nec plus ultra de la réussite sociale. Ses nouveaux amis sont plusieurs à avoir le même projet. Ils se retrouveront en fac.

Son frère, quant à lui, n'est pas un méchant. C'est un gros bébé immature, il reste chez lui, ne traîne jamais. Sa mère a toujours fait en sorte qu'ils aient tout le confort chez eux pour ne pas avoir à sortir. Une belle télévision et Canal + dans sa chambre, au moins on sait où il est le samedi soir. Enfin... sa mère ne l'a jamais vraiment compris, mais Samia n'est pas dupe. Il se mettra au boulot à vingt ans, et douze ans plus tard sera chef de salle à l'Hippopotamus de la gare du Nord.

Samia connaît d'autres garçons, mais pas tant que ça. Beaucoup moins que ce qu'elle pourrait. Elle veut garder le contrôle. La première année de fac passée, elle laisse peu à peu les militants derrière elle, bien qu'elle ait connu beaucoup de joies avec eux et tous ses premiers souvenirs d'une jeunesse libre. Ils sont nombreux à être *fils de* syndicalistes ou autres planqués du clientélisme politique et n'ont évidemment pas une place à lui offrir, ils passent avant. Son désir d'indépendance devient criant. Tout est suspendu à sa réussite au Capes.

Avant la distribution des sujets, le premier jour du concours, elle tient son stylo crispé entre ses doigts en pensant à l'appartement qu'elle pourra s'offrir cet hiver. Quelque temps plus tôt, elle a rencontré un garçon. C'est le bon. Avec lui, pas de paternalisme. Il est sérieux, prépare son Capes de mathématiques, est un peu plus vieux, veut aussi fonder une famille et avoir une maison. Il a un beau visage. Ils ont étudié toute l'année ensemble. Ses examens de licence, il les a obtenus grâce à elle et à son soutien affectif. Sans la force qu'elle lui transmet quotidiennement, il n'y arriverait pas. C'est déjà sa cinquième année de fac et il a eu son bac à vingt ans. En deux ans, grâce à elle, il passe d'une licence conditionnelle compromise à la certification et la titularisation. Elle le réveille tous les matins pour qu'il travaille, il s'y astreint, c'est pour son bien, et il perd le contact avec quelques amis régressifs. C'est aussi la première fois de sa vie qu'il peut faire l'amour tous les jours. Il se sent mieux, confiant, responsable.

Quatre mois après avoir obtenu leur Capes, Samia et Farid se marient à la mairie de Saint-Ouen. Une quinzaine de personnes sont invitées. La soirée se passe dans un petit restaurant du quartier dont ils ont loué la salle. Les années qui suivront seront les plus belles, avec ce sentiment fort, et pour moi inconnu, de bâtir pierre par pierre un projet de vie.

J'accompagne Louis chez lui une nouvelle fois. Mon ventre se noue toujours en approchant, mais je ne refuse jamais une invitation. J'essaie de ne pas rester trop longtemps. Je prétexte une autre activité, généralement vraie. La vie de Louis se resserre sur quelques lieux. Il ne connaît personne. Il me propose de venir le voir dans sa maison de campagne. Là-bas non plus, il ne voit personne, ou presque. Il y a bien le fils de la boulangère avec qui il jouait petit, mais aujourd'hui, il est en apprentissage. Leurs chemins se sont séparés. Louis continue cependant à le visiter occasionnellement. Alors, le plus clair de son temps de vacances, il le consacre à la lecture, dehors, sous un arbre. Il part là-bas avec une pile de livres et les avale un par un. Ce sont, selon lui, les vacances idéales. L'idée de sortir, draguer, danser, ne lui vient pas à l'esprit. Là où il va, il n'y a d'ailleurs nulle sortie à faire.

En arrivant chez lui, nous trouvons l'immeuble en plein remue-ménage. En montant au troisième, Louis découvre avec moi que ses voisins, les amis de ses parents, déménagent. Ces derniers n'en savaient pourtant rien. C'est étonnant. Le père de Louis nous décrit la situation sur le palier, à voix basse. Les voisins ont subi un contrôle fiscal quelques mois plus tôt. Ils ne sont cependant pas très riches. Ils travaillent à leur compte, alors « évidemment, ils sont une cible facile... ». Ils sont dans l'impossibilité de payer. Ils viennent d'être prévenus de l'arrivée imminente de l'huissier de justice avec la police. Ils ont jusqu'à présent réussi à retarder ce moment inévitable. Mais là, c'est la fin. La saisie doit avoir lieu le lendemain à huit heures.

Ils ont trouvé dans l'urgence un lieu où atterrir, en grande banlieue, du côté de Meaux. Je ne sais pas où c'est, jamais entendu parler. Louis fait une remarque sur l'évêque de Meaux, mais je ne la comprends pas. Les parents de Louis sont choqués. J'ai l'impression de voir trépigner des enfants. Son père connaît un peu les problèmes de son ami. Mais de là à imaginer les voir partir comme des voleurs, alors qu'il s'agit d'honnêtes travailleurs. Je les entends se plaindre du gouvernement socialiste. Il prend les petites gens pour des riches. Je me tiens en retrait. Louis se propose pour aider à porter les derniers cartons.

Dans l'appartement vide, Louis est songeur. Il circule silencieusement de pièce en pièce en passant ses doigts sur les traces d'objets au mur. L'appartement est sombre, malgré l'absence de meubles. Je préfère lui annoncer mon départ. Il vaut mieux le laisser seul en famille dans ce moment douloureux. Il ne fait pas d'objection et me salue d'un signe de tête.

Nous marchons le long du canal Saint-Martin. Nous discutons de la notion de progrès. Pour lui, la société régresse, cela ne fait aucun doute. Il ne comprend pas mon hésitation. Pour moi, la société progresse en ouverture et en tolérance. Mais selon lui, à quoi bon l'ouverture et la transparence, si c'est pour se faire insulter par les pouvoirs médiatique et politique en permanence ? Je n'arrive pas à comprendre en quoi il se sent insulté. Bien entendu, j'observe la montée d'une certaine tension sociale, une violence sourde de tous contre tous. L'impression de ne pas être bien traité est partagée par le plus grand nombre et cela ne cesse d'empirer. Mais il se voit comme une victime, et non comme un maillon du processus social. Ses parents n'arrivent même plus à regarder le journal de 20 heures. Plus il y a de chaînes, et donc d'ouverture, moins ils y entendent leur propre voix. Ils ne se reconnaissent en personne.

Je ne veux pas contredire Louis. Je ne souhaite pas me disputer avec lui. Mais ses parents le placent de facto contre le monde, et donc hors du monde. Par quel moyen pourra-t-il vivre plus tard ? Comment construira-t-il sa vie ? Je suis de plus en plus angoissé pour lui. Il se voit dissident. La société n'a pas de place pour accueillir son énergie. La différence entre nos familles est devenue flagrante. Je m'épuise à essayer de la réduire, à la minimiser. C'est peine perdue. Je ne peux pas jouer ce rôle d'alter ego qu'il espère, ni le conforter dans son retrait. Il cherche opiniâtrement à construire notre amitié contre le monde. Sa solitude le conduit à une demande affective pressante et passionnée. Je ne peux lui donner ce qu'il attend. Je ne veux plus en parler.

Un soir, par provocation, je décide de le sortir en boîte de nuit. Il n'y est évidemment jamais allé, alors que moi, malgré mon âge, je suis déjà entré plusieurs fois au Palace. Il n'est pas chaud, craint d'être refoulé. Il est même très étonné de ma proposition. Que pourrions-nous avoir à faire avec des gens qui sortent en boîte ? Je lui dis de le prendre comme une expérience.

Il est tard, plus de vingt-trois heures. Il veut rentrer chez lui. Devant le Palace, la foule fait la queue. Je reconnais plusieurs filles. Elles ont notre âge. Elles entrent facilement. Pour nous, ce sera sans doute plus difficile. Louis est trop jeune. D'habitude, je suis accompagné.

Nous faisons la queue comme tout le monde. L'attente est longue. Louis s'impatiente. Il regarde les gens, leur accoutrement. Ses propos sont de plus en plus méprisants à leur égard, il me parle de nouveaux riches incultes, les trouve vulgaires. Le ton de sa voix est cynique. Entrer serait selon lui l'occasion de repérer où placer une bombe la prochaine fois. Je regrette à nouveau mon initiative.

Une bande d'Arabes, casquette et survêtement, rôdent autour de l'entrée. Ils se mettent un peu à provoquer les clients et les videurs. Certains font mine de forcer le passage. Les videurs, de gros Noirs en blouson, sont très clairs : c'est non. Ce petit jeu dure quelques minutes. Des filles un peu sapées ont peur. Elles se cachent derrière leurs compagnons. Les mecs font profil bas, comme moi, pour ne pas attiser les provocations. Mais l'attitude de Louis est de plus en plus incroyable. Il se marre. Il se détache de la queue et se poste devant, à quelques mètres de l'entrée, comme pour se placer au premier rang d'une salle de spectacle. Plusieurs fois, il me faut aller le chercher, mais imperturbablement, comme un aimant, il se rapproche de l'embrouille. La file d'attente se recroqueville, et lui, si fermé à l'école, est détendu comme un papillon.

Ce qui devait arriver arrive. Une bagarre éclate brusquement. C'est la mêlée générale. Les gens reculent dans la rue d'une bonne dizaine de mètres. Les filles crient :

« Appelez la police ! »

Je me précipite vers le boulevard avec elles. Nous sommes tous choqués. La foule s'est dispersée. En me retournant, je constate que Louis ne m'a pas suivi. Où est-il ? Je panique. Je dois absolument le retrouver. La bagarre n'est pas finie. Je me rapproche lentement en regardant autour de moi. Il n'y a presque plus personne à ce niveau de la rue du Faubourg-Montmartre. Des coups de poing violents s'échangent. Image à peine croyable, Louis Pujalte est agrippé au dos d'un des types. Il est survolté et ne semble pas avoir peur. C'est irresponsable. L'un des videurs balance alors une barrière sans faire dans le détail. Louis se retrouve projeté à terre sur plusieurs mètres. Je le vois se relever pour y retourner. Je le saisis immédiatement par le bras et l'entraîne à l'arrière avec la foule. Il n'a pas de bobos, c'est un miracle, mais il ne se rend pas compte. Il est survolté, incapable de contrôler sa montée d'adrénaline. Je prends alors la décision de marcher sur le boulevard et de nous éloigner. Il veut y retourner. Des larmes ont coulé sur ses joues. Il respire la joie. Je ne l'ai jamais vu ainsi.

Finalement, nous rentrons chez nous à pied. Il a besoin de se dépenser. Alors qu'il s'ennuyait ferme un instant plus tôt à l'idée de devoir s'amuser comme tout le monde, il est maintenant surexcité. La rixe l'a réveillé. Rien de mieux qu'une bonne castagne générale pour s'amuser vraiment, semble-t-il dire, comme un vulgaire pilier de pub. Pourtant, il n'a aucune expérience en ce domaine. C'est un freluquet.

Sur le chemin du retour, il me décrit sa bagarre. Il recommence inlassablement son récit, l'agrémente de détails plus ou moins inventés mais censés décrire l'émotion qui l'a alors submergé.

Il est heureux.

« Tu n'as pas de cigarettes ?

– Non. Tu fumes ?

– Non, mais là, après l'amour, j'en avais envie.

– Si tu veux, je peux aller en acheter. Le tabac en bas de la rue est ouvert jusqu'à minuit.

– Non, ce n'est pas grave. »

Samia est pensive. Elle a relevé le coussin derrière son dos. Elle est assise. Ses seins magnifiques tombent sur le haut de son ventre. Sa chevelure est noire et drue. Je lui attrape une mèche de cheveux avec le bout de mes doigts et la fais tourner autour de mon index.

« Tu te fais un brushing ?

– Oui », me répond-elle, étonnée.

Je dégage doucement la couette et la lance au pied du lit. Je la regarde allongée, entièrement nue. Elle sourit.

« Qu'est-ce que tu fais ?

– Je te regarde. »

Après quelques instants, elle se redresse et tire la couette jusqu'à son cou.

« J'ai froid », minaude-t-elle.

Je caresse son ventre puis descends sur son sexe. Elle l'a rasé depuis la dernière fois. Elle a opté pour un triangle isocèle de petite taille. Les poils sont drus, coupés très court. Je les passe au travers de mes doigts. Elle ne dit rien.

« Tu t'es épilée ? »

Elle me regarde, mais ne dit toujours rien.

« Ça ne te plaît pas ?

– Si, bien sûr. »

J'attrape un coussin et le place derrière mon dos. Je me redresse à côté d'elle. Je suis bien. Nous ne faisons rien. Le temps passe. Je repense à son sexe. Cette pensée emplit totalement mon esprit. Je n'ai besoin de rien d'autre. Je le compare avec son ancienne épilation. Elle l'a fait pour moi, pour me plaire. C'est probablement faux, mais ça me plaît de le croire. Je pense à ses cheveux. Sans savoir pourquoi, j'ajoute sans la regarder :

« Et les femmes voilées, elles s'épilent, elles aussi ? »

Samia met sa tête en retrait, l'air consterné. Et merde. Qu'est-ce que j'ai encore dit ?!

« C'est quoi cette question ?

– Eh bien, je ne sais pas… C'est une question… »

Ce n'est pas possible. J'aurais dû fermer ma gueule. Comment un truc pareil a pu me venir comme ça, sans prévenir ? Elle va me ressortir tout le baratin. Et

pourquoi tu me parles de femmes voilées ? Et pourquoi tu me poses cette question-là, pourquoi à moi ?
Préjugés, discrimination, et on est français autant que
toi...

Mais finalement non, elle ne dit rien. Elle regarde en
face d'elle. Moi aussi. Puis elle se met à regarder autour
d'elle, comme si elle inspectait mon appartement. Elle
promène son regard un peu partout, ça n'a pas l'air de
la réjouir. Peut-être cherche-t-elle une vacherie à me
dire ? Mais elle ne dit rien. Peut-être n'y a-t-il simplement rien d'équivalent à dire.

Elle se lève. Elle marche lentement, nue, elle prend
quelques livres sur ma table de nuit ou dans ma bibliothèque. Elle les consulte et les repose. Je la regarde. Ses
fesses sont magnifiques.

« C'est quoi ça, *La Jouisseuse* ?

– C'est une revue littéraire dans laquelle j'ai un peu
écrit.

– Tu écris ? » fait-elle en souriant.

Ça y est, elle a trouvé un angle d'attaque. Ce n'est
pas important. En ce domaine, j'ai abandonné tout narcissisme depuis longtemps. Elle feuillette la revue, puis
la repose. Elle prend un numéro plus ancien.

« Et ça marche bien ?

– Non, pas vraiment. Ce n'est pas fait pour ça. Ils
tirent à cinq cents exemplaires. C'est déjà beaucoup.
Beaucoup trop, d'ailleurs...

– Et les auteurs qui participent sont connus ?

– Certains un peu, dans le milieu.

– Toi aussi, dans le milieu ?

– Non, moi, pas vraiment. »

Samia va s'asseoir dans le fauteuil avec la revue. Elle semble curieuse. Elle lit en silence. Je la regarde, ses jambes croisées, le haut charnu de ses cuisses, ses seins galbés. Elle parcourt la table des matières, l'index biographique des auteurs.

« Tu es agrégé ? me dit-elle, interloquée.

– Oui.

– Tu comptes demander ta mutation pour Paris ?

– Peut-être bientôt, oui, je ne sais pas… Je ne dois pas avoir encore assez de points.

– Tu es normalien ?

– Non, j'ai raté.

– Ah bon ? Tu as été en khâgne ?

– Oui, à Chaptal. C'est moyen pour intégrer. »

Elle sourit.

« Moi, quand je faisais mes études, je ne savais même pas que ça existait.

– Ah oui ? Et alors ?

– Et alors ?… Rien. Après mon Capes, je voulais préparer l'agrég mais un prof m'a dit que j'avais très peu de chances, qu'il valait mieux attendre quelques années et la présenter à l'interne. Finalement je ne l'ai pas fait, j'ai eu des gosses. Peut-être un jour, s'ils libèrent suffisamment de places…

– Et moi, mon père ne m'aurait jamais laissé

m'inscrire en première année de fac, même si j'avais eu mon bac à l'oral. Dans ma terminale, personne n'est allé à la fac.

– Pourquoi ?

– Je ne sais pas. Le tri n'a pas encore été fait. La fac, c'est un peu la Zep des études supérieures. D'ailleurs, du collège Zep à la fac, ce sont les mêmes élèves que l'on retrouve, non ? Les meilleurs d'entre eux...

– Oui, c'est ce qui m'est arrivé. Et cela ne te choque pas ?

– Choquer ? Non. C'est hypocrite, c'est certain. Mais sur deux générations, ça peut fonctionner.

– Oui, c'est ça. On ne nous dit rien parce qu'on accepte mieux ainsi de n'être qu'une étape intermédiaire.

– Enfin, si tu avais été réellement forte, tes profs t'auraient orientée en prépa. Faut arrêter le couplet social sur les études en France quand on parle de grandes écoles. C'est surtout pour la masse des élèves moyens qu'il y a une vraie discrimination sociale. Les bourges moyens s'en sortent mieux.

– Peut-être ! Mais c'est très cynique, tu ne penses pas ?

– Oui, assurément. Mais tu sais, cette histoire d'émancipation sociale par l'école, c'est une vaste supercherie. En fait, c'est l'inverse qui se passe. La première génération réussit d'abord dans le monde du travail, de l'entreprise, et ensuite, une fois la stabilité économique acquise, les enfants réussissent à l'école. Enfin... parfois, les meilleurs. Mais l'ascenseur social, ça n'a quasiment jamais été l'école. Ça a surtout été l'entreprise, le monde du travail... et plus que tout, le mariage ! »

Elle rit. Je pense avoir réussi à détourner un peu l'attention.

« Tu es très cynique toi aussi. C'est ça qu'on vous apprend dans vos classes prépa ? dit-elle en gardant le sourire.

— Non, ça... c'est dans nos familles. Et il faut avoir été élevé comme cela pour réussir en prépa. En revanche, ce qu'on y apprend, c'est du format et aucun contenu.

— Et pourquoi faut-il avoir été élevé comme cela ?

— Car on y vomit l'idéalisme et, surtout, la culture. Au nom de la civilisation, la posture cynique est la seule socialement valable. Et après, on s'étonne que notre république de professeurs et de premiers de la classe ait voté les pleins pouvoirs à Pétain ! Jamais l'équivalent d'une Chambre des lords ne l'aurait fait. Ils auraient eu un héritage à défendre ! La sélection républicaine casse la chaîne de l'héritage. Elle hait la culture au nom de la civilisation. D'ailleurs, tu remarqueras que lorsque, par le plus grand des hasards, on croise un élève un peu cultivé, pour qui la chronologie et les lieux font spontanément sens, eh bien, ce n'est pas le plus efficace scolairement. »

Je continue un instant à déverser ma bile sur les

prépas. C'est un moyen comme un autre de me rapprocher d'elle après ma connerie. Elle vient se rallonger près de moi. Elle est toujours aussi belle. Je parle, mais je pense à autre chose. Son corps, son teint. Après un moment de silence, elle se blottit contre moi et je l'embrasse.

Mes potes ont tout de même fini par remarquer ma nouvelle fréquentation. Je les vois rire en douce en apercevant Louis. La situation est devenue ingérable car je continue à l'éviter devant les autres au lycée. Il ne me le reproche jamais. Pour lui, notre relation secrète est une conspiration. Rêve-t-il qu'elle éclate au grand jour ? Nous n'en parlons pas. En revanche, mes camarades s'en amusent. Certains me donnent du « ton ami ». D'autres se jettent un regard à peine voilé à son approche. Avons-nous été vus, Louis et moi, dérivant ensemble dans la rue ? Y a-t-il eu des témoins ?

Une après-midi, en sortant au cinéma avec deux ou trois camarades, je comprends ma situation. Nous remontons tranquillement l'avenue de Wagram. On rigole. Une fille, Vanessa, a un milk-shake à la main. Elle arbore un magnifique tee-shirt avec Marithé François Girbaud écrit en gros (devrais-je dire en gras ?). Je vois arriver vers nous un vieux couple. Je n'y prête pas attention et détourne le regard. Leur image pourtant m'obsède. Mon appréhension se révèle juste. Ce sont les parents de Louis. Il me faut un temps pour le réaliser. Il suffit d'un autre instant pour que cela passe simplement. Comme je ne les ai pas regardés, ils ne peuvent s'imaginer que je les ai vus.

Mais soudain, lorsque nous arrivons à leur hauteur, la voix narquoise de l'un de mes camarades, Pascal, remarque :

« Alors, Julien, tu ne dis pas bonjour ? »

Je suis tétanisé. Il le dit suffisamment fort pour qu'ils l'entendent. Je souris, mais ne réponds pas. Comment sait-il qui ils sont ? Il est vrai que le lycée n'est pas grand. Il y a des réunions de parents d'élèves. Certains sont parfois presque voisins. Ils se connaissent de vue sans se connaître. Lui-même ne les salue pas non plus. Nous continuons notre chemin. Vanessa se retourne plusieurs fois. Pascal lui dit qui ils sont sans préciser comment il le sait. Puis la conversation précédente reprend son cours.

Intérieurement, je suis dévasté. La honte me dévore. Mais honte de quoi ? De mon impolitesse ? de mon manque de savoir-vivre ? Ce serait trop simple. De ne pas assumer mes fréquentations ? ou de ne pas être capable de mieux les choisir ? Je ne peux plus vivre avec cette déchirure. Il me faut dire à Louis ce que je pense vraiment, quitte à perdre son amitié. Peut-être me suivra-t-il ? Je peux lui présenter des filles malgré tout.

Il faudra bien un jour qu'il s'y colle. Mais cela suffira-t-il ? Il a besoin de sens et ma vie n'est pas assez intéressante. Alors, à quoi bon ? Mes autres amis, je ne les verrai plus, tôt ou tard. Il n'y a rien vers quoi tirer Louis. Je suis perdu.

La classe est en ébullition. Je ne sais pas ce qui agite à ce point les élèves. J'essaie tant bien que mal de faire cours, c'est peine perdue.

«Silence, Chaynèze!»

Elle n'arrête pas de se retourner. Je la rappelle à l'ordre plusieurs fois. C'est inutile.

«Qui peut m'expliquer ce qu'est un complément d'objet direct?»

Pas de réponse. Même Narjis, habituellement si mignonne, ne lève pas la main. Elle me regarde, semble attendre quelque chose de moi.

Le bruit revient comme une vague de l'autre côté de la salle. Des rires à peine étouffés. C'est insupportable. Finalement, afin de crever l'abcès, je leur demande à tous ce qu'ils ont. Ils me fixent en souriant, mais ne répondent pas. Après un moment d'attente, j'en vois certains se regarder, aucun ne se décide à me parler. Je suis sur le point de reprendre mon cours lorsque Inès dit en rigolant :

« C'est Sofiane, monsieur. Il est amoureux de Cindy ! »

Toute la classe éclate de rire. C'est le délire, les élèves sont pris d'une transe hystérique. Ils sont comme des poules dans un poulailler. Mais qui a inventé la mixité et dans quel but ? J'essaie de les calmer. Je me tourne discrètement vers Sofiane. Il est immobile, figé. Il y a un problème, mais je ne veux pas intervenir.

Un autre élève assure alors :

« Il lui a écrit une lettre d'amour ! »

Les élèves sont déchaînés. Certains rient aux éclats, d'autres poussent des cris ou font toutes sortes de bruits. Cindy est énervée. Elle demande à ses voisins de se taire. Je crie à mon tour pour obtenir le silence. Le bruit cesse un instant mais les murmures reprennent vite. J'attends patiemment la fin du cours. Je m'assieds derrière mon bureau et je regarde les élèves s'égrener un à un vers la sortie jusqu'au dernier. Sofiane est plus introverti que jamais. Il regarde le sol, ne parle à personne.

Je patiente seul dans la salle quelques minutes et ferme la porte. J'essaie de comprendre ce qui se joue en moi avec cet élève. Il vit en sécession. J'ai l'impression de ne pas avoir droit à l'échec avec lui. Il me reste peu de temps pour trouver une solution. Mais laquelle ? Comment faudrait-il faire cours afin qu'il se libère ? Quelles valeurs faudrait-il promouvoir en classe pour que lui s'y sente bien et que les autres y soient confinés au mutisme ? Est-ce simplement possible ?

Je décide de le suivre à nouveau discrètement jusque chez lui.

Le soir, à la sortie du collège, les élèves descendent les escaliers du perron dans un vacarme indescriptible. Au milieu de la liesse, Sofiane sort seul et ne perd pas une seconde, il rentre chez lui immédiatement. Il passe devant moi, ne me remarque pas. Je suis attablé à la terrasse du café. Je me dépêche de payer l'addition et pars à sa poursuite. Je prends soin de garder une vingtaine de mètres entre nous. Je règle mon pas sur le sien. L'image n'est pas claire, et elle se trouble avec un sentiment de panique. Est-ce Louis qui marche devant moi ? Le cri d'un enfant me ramène au réel. Cette confusion soudaine me terrorise. Mes pieds sont lourds et avancent lentement. Pourquoi est-ce que je le suis ? Pourquoi l'ai-je suivi ? C'est un moment extatique. La sensation de mon souvenir avec Cécilia revient. Je pense le saisir, c'est extraordinaire... Mais non, il s'éloigne encore.

Nous arrivons aux abords de sa cité. Le quartier est toujours très calme, malgré sa réputation. Sofiane s'arrête à la hauteur d'un groupe de jeunes, plus âgés que lui. Je me place derrière des véhicules garés de l'autre côté du parking, assis sur un marchepied pour les observer sans être vu. Ils sont quatre ou cinq, il y a une fille avec eux. Je ne sais pas ce qu'ils se disent. L'un

des garçons l'appelle. Après quelques échanges, le garçon lui donne un coup sec sur le front avec la paume de
sa main. Puis un autre. Rien de méchant mais cela ressemble à une forme d'intimidation. Le rythme de ma
respiration s'accélère. Sofiane, lui, est figé, avec son air
effrayé. Il a toujours cette apparence, il m'est difficile
de juger de son comportement. L'autre la ramène, il se
marre et se retourne plusieurs fois vers la fille. Elle rit
elle aussi. La scène dure moins de cinq minutes, le
temps paraît s'étirer pourtant indéfiniment. Je me lève
et me place derrière une fourgonnette afin de l'observer
sous un autre angle. Je ne bouge plus. Une femme voilée d'un certain âge s'approche. Elle parle, puis attrape
le bras de Sofiane et l'emmène avec elle. Le groupe de
jeunes se marre de plus belle. J'entends leurs rires. La
femme se retourne. Je vois son visage. Il m'est familier
mais je ne fais pas immédiatement le rapprochement. Je
reviens sur mes pas et prends le chemin du collège.

Je n'ai pas reconnu sa mère. Je le comprends alors
seulement. Je l'avais surprise chez elle la tête découverte. J'étais venu à l'improviste. Pour une raison que
j'ignore, elle n'avait pas osé me faire attendre ou n'y
avait pas pensé, étant chez elle. Cela a dû horriblement
la gêner.

Je décide d'aller voir l'administration du collège. Je
veux savoir où ils en sont avec elle et son fils. Je n'ose
plus aller parler au principal depuis ma dernière absence
au conseil de classe. Sur la route, j'essaie de penser à

cette situation. Je n'arrive pas à mesurer la gravité du problème. Ce n'est pas nécessairement un problème. Mais alors, pourquoi n'ai-je rien dit à personne de ce que j'ai fait de mon propre chef ?

Arrivé au collège, je passe par la salle des professeurs prendre des documents dans mon casier, puis j'entre dans le bureau de la direction. Selon Josiane, la mère de Sofiane n'a jamais donné signe de vie. Je la remercie et n'insiste pas. Ma visite chez elle n'a donc eu aucune incidence sur l'engagement scolaire de son fils. Peut-être a-t-elle même au contraire creusé un fossé.

Mon père n'est pas encore avec Hélène à cette époque. Sa petite amie du moment l'a quitté et il se retrouve avec deux billets d'opéra sur les bras. L'Opéra Bastille vient d'ouvrir. On donne *Katia Kabanova* de Janáček. Inutile de préciser que cette musique n'intéresse personne, pas plus que *Les Troyens* de Berlioz joués un mois plus tôt, choisis pour des raisons de bicentenaire. Ma connaissance de l'opéra est évidemment, à seize ans, plus que limitée, mais je sais en revanche reconnaître un connaisseur d'un mondain souhaitant découvrir la nouvelle salle pour faire partie des *happy few*. Mon père fait partie de cette deuxième catégorie. Il m'invite à mettre une veste, mais sans cravate, comme lui. Il ne veut pas ressembler à un vieux bourgeois. Il se met ainsi en phase avec le nouveau projet culturel de la Bastille.

Il souhaite arriver en avance. Notre taxi est pris dans les bouchons de la rue Lafayette. Il est anxieux. Il s'y rend afin de croiser du monde. Si l'entracte est pour lui l'événement optimal d'une soirée d'opéra, l'arrivée est également propice à rencontrer des gens influents ou des « connaissances ». Le taxi nous dépose dix minutes à peine avant le lever de rideau. Je suis mon père docilement. Il se précipite vers les escaliers. La sonnerie retentit déjà. Dans le hall, il fait un rapide aller-retour, regarde vaguement le bâtiment, ça ne l'intéresse pas. Il attend d'entendre l'opinion générale pour donner la sienne, puisqu'il n'en a pas. Il dit bonjour à deux personnes mais ne s'arrête pas. Ce doivent être des gens de peu d'importance. Je marche derrière lui comme un toutou. Il ne fait pas attention à moi. La sonnerie reprend. Il ne reste que quelques minutes. Il faut nous asseoir. Dans l'énorme salle, un ouvreur nous conduit à nos places, du reste fort éloignées de la scène. Nous sommes au parterre, sous le premier balcon, au-delà du vingtième rang. Il nous tend une petite feuille blanche. Mon père lit négligemment le nom de chaque chanteur. Il n'en connaît aucun. Je regarde la salle en tournant la tête un peu dans tous les sens. Soudain, je l'entends s'étrangler :

« Quoi !? Il n'y a pas d'entracte !? »

Eh oui. *Katia Kabanova* de Janáček, c'est une heure quarante d'un seul tenant. Il faut être un misérable plouc pour ne pas savoir ça. Il se tait. La honte doit l'avoir saisi. Plusieurs personnes se sont retournées. Effectivement, au bas de la petite feuille blanche, il est écrit « Sans entracte ». Quelques instants plus tard, la salle est plongée dans le noir. Le chef entre sous les applaudissements et la musique, par un geste bref, jaillit de la fosse.

Mon père ne suit pas le drame. Je le vois à plusieurs reprises bâiller à pleine bouche. Au fil du spectacle, il a de moins en moins de retenue. Des ronflements sourdent par vagues progressives. Je lui donne de légers coups de coude pour le réveiller, mais cela n'a d'effet qu'un instant.

La musique est sublime. Je suis bouleversé par le sort de cette femme. À chaque nouvelle scène, je regrette en mon for intérieur l'absence de Louis à mes côtés. Je souhaiterais partager avec lui cette occasion. C'est un ennoblissement du cœur. Ce drame m'arrache à la vie vulgaire. À travers ce rôle de femme abandonnée à ses choix et à son malheur, car elle a voulu à sa façon s'opposer aux normes qui lui étaient imposées, je le vois, lui, toujours seul, un enfant perdu. Sa fin tragique et inéluctable m'effraie. Mais est-il possible de détourner le cours d'une vie ?

À notre retour, je ne décroche pas un mot. En l'absence de taxis, nous devons prendre le métro. Mon père est très mécontent.

« Pays de merde ! Y a plus personne qui veut bosser ! »

Il n'arrête pas de se plaindre tout le long du trajet. Chez moi, je m'enferme dans ma chambre et ouvre la fenêtre. Il fait bon. J'allume la radio et m'allonge par terre sur le dos en regardant le plafond.

«Politique. Ce soir sur Antenne 2, c'était bien sûr *L'Heure de vérité*. François-Henri de Virieu a invité Jean-Marie Le Pen, qui répondait aux questions d'Albert Duroy, d'Alain Duhamel et de Jean-Marie Colombani. Entre autres sujets, la stratégie actuelle du Front national qui consiste à pénétrer tous les secteurs de la société française. Jean-Marie Le Pen a déclaré également qu'il n'était pas surpris de la décision des communistes de ne pas voter la censure contre le gouvernement. Cela fait partie de la comédie parlementaire, a-t-il dit. "Tout cela était prévu en coulisse, ainsi que le vote de la loi prétendument antiraciste."»

Quelques jours plus tard, l'affaire de Carpentras éclate. Il est devenu très difficile pour les professeurs de faire cours. La mobilisation est générale. En français, en anglais, en histoire-géo évidemment, et même en gym, les programmes sont arrêtés. Chaque professeur y va de son bon mot, de son expérience pour décrire à quel point nous, Français, sommes gangrenés par la haine raciste et surtout antisémite. Les élèves sont eux-mêmes très concernés. Mais certains ne se sentent pas visés par ce «nous». Ils se placent implicitement, on ne sait trop pourquoi, du côté des victimes :
«Mon grand-père était résistant.»
«Ma grand-mère était déportée.»
«Je viens d'une famille communiste.»
«Je n'ai quasiment aucune origine française.»

Il faut à tout prix se réclamer d'un pedigree indiscutable. Par un procédé linguistique habile consistant à ne parler des Français qu'à la troisième personne, chacun s'exonère dès lors de toute appartenance suspecte.

Je ne souhaite pas participer à l'épuration. Mais, ambiance oblige, je dois confesser n'avoir cherché ni à revendiquer ni à défendre une quelconque « origine française » dans ces circonstances. Les élèves qui ne sont rien, c'est-à-dire rien d'autre que français, donc rien, rasent les murs. On ne les entend plus.

Le 14 mai, ils sont nombreux à souhaiter se rendre à la manifestation. C'est l'occasion donnée à certains de s'affirmer communautairement. Pour d'autres, plus nombreux, c'est un moment de miséricorde afin de se racheter du péché de n'être rien et, ainsi, de redevenir quelqu'un. Les cours se terminent exceptionnellement plus tôt. Louis est plus muet que jamais. Je rentre et l'accompagne chez lui. Il fait très beau. Ses parents ne sont pas là. Il allume la télévision. Les images sont édifiantes. La foule remonte le boulevard Beaumarchais.

Louis est atterré. La sueur coule sur son front. Il ne comprend pas. Il est affalé sur le divan dans une pose accablée que je ne lui connaissais pas à ce point. Je m'assieds à ses côtés. Je suis indifférent. Je ne comprends pas non plus. Le président Mitterrand doit participer. C'est une première. Mais je ne saisis pas ce que cela peut signifier. Sous couvert d'un consensus républicain indiscutable, une division profonde de la société française semble se creuser pour des raisons purement électoralistes. Louis, sans quitter les images des yeux, s'adresse à moi. Son inquiétude est vive. L'attitude euphorique des autorités politiques comme des journalistes ne l'intéresse pas. Il a déjà tiré une croix sur ces gens-là. Je suis incapable de discerner l'enjeu. Mais cette masse gigantesque !

Une journaliste demande à des personnes interviewées dans la rue si elles ont des origines juives. Je suis assez étonné d'une telle impudeur. Une femme lui répond plusieurs fois « oui » en se haussant sur la pointe des pieds, les bras au ciel. Puis, très drôle, un homme, grosse moustache, peut-être un ouvrier, croyant bien faire en exprimant sa solidarité, répond à la même question : « Non, je suis normal. » Je suis sidéré, mais pas la journaliste ni les commentateurs. Ils ne veulent pas jeter le trouble dans un tel moment de communion nationale.

Louis ne réagit pas non plus. Mon rire ne l'anime pas.

« Julien ? me dit-il, fébrile.

– Oui ?

– Sont-ils heureux ou malheureux ? me dit-il lentement.

– Les gens ?

– Oui.

– Je ne sais pas... Les frontières entre l'amour et la

haine sont parfois floues», dis-je en croyant être intelligent.

Louis n'entend pas ma réponse. Il est captivé par l'écran.

«Julien? dit-il à nouveau après cinq minutes de silence.

– Oui?

– Pourquoi tous ces gens... nous détestent-ils? demande-t-il en pesant chacun de ses mots.

– Je ne sais pas», dis-je sur le même ton, peu certain de comprendre le sens de sa question.

Le cortège, sous les drapeaux israéliens et français, s'ébranle lourdement vers la Bastille. La foule est passionnée, ivre.

Je marche le long de la barre HLM. L'entrée de l'immeuble de Sofiane est vide. Je suis à découvert, ce n'est pas important. Ce que je fais ne sert à rien ? C'est même peut-être préjudiciable. Mais je ne peux m'en empêcher. Qui s'est occupé de Louis ? Il était seul, il a disparu sans laisser de traces. Je vais m'asseoir un peu plus loin. Je ne veux pas retourner dans l'immeuble ni remonter dans l'appartement. L'attente est longue, une heure, ou plus. Des silhouettes passent comme des ombres. Deux jeunes se postent devant l'entrée. L'un d'eux était dans le groupe de l'autre jour. Je ne bouge pas et les observe. Ils ne font rien, discutent, saluent parfois un passant en se touchant ensuite la main au cœur. Le ciel s'obscurcit. Les membres engourdis, je décide finalement d'y aller. Je contourne la place pour arriver de plus loin et reviens vers eux en marchant très lentement. À leur hauteur, je n'ai pas le temps d'en placer une. Le plus petit des deux, un peu trapu, m'arrête d'un geste sec de la tête.

« C'est pas ici. »

Avec la main, il me fait signe de continuer tout droit. Ce sont des guetteurs. Le trafic a lieu plus loin dans la cité, dans une zone fermée où il est possible d'observer les allées et venues. J'avance pour avoir l'air d'être là exprès. Je ne sais pas ce que je fais. En arrivant au bout, je reviens sur mes pas. Je me tiens quelques minutes derrière un arbre afin de ne pas éveiller les soupçons. Puis je repasse derrière eux. Ils ne prêtent pas attention à moi. Je continue à marcher et reprends mon poste d'observation à l'entrée de la cité. J'attends encore. Le ciel s'est éclairci. Le temps passe, je m'ennuie.

La fille, celle du petit groupe qui intimidait Sofiane, sort de l'immeuble. Elle riait de l'humiliation d'un moins-que-rien. Elle parle un peu aux types puis elle continue en coupant par le carré de pelouse. Elle arrive vers moi. Pour mieux masquer ma présence fortuite, je me mets en route et marche dans la même direction. Je regarde ailleurs tout en suivant sa présence. Nos regards se croisent. Elle sourit, je baisse les yeux. Arrivée à ma hauteur, elle me regarde encore.

« Bonjour, monsieur Gallifet !

– Bonjour », dis-je, étonné.

Elle s'arrête. C'est une ancienne élève. Elle me parle, me dit que je lui manque, que j'étais un super-prof. Elle parle fort. Elle est coiffée et maquillée d'une façon incroyablement vulgaire.

« Où vas-tu ? lui dis-je.

– Prendre le RER.

– Moi aussi», dis-je pour trouver un prétexte et marcher avec elle.

Elle sourit sans cesse, me raconte ses études, son BEP esthétique/cosmétique. Son visage est entièrement grimé, recouvert de fond de teint, sourcils noirs épilés. Je n'ai aucun souvenir d'elle. Elle doit avoir dix-sept ans. Sa poitrine est opulente et très largement mise en avant. Il paraît évident qu'elle en est fière. À plusieurs reprises, mon regard se perd dans le creux de ses seins. Je ne le contrôle pas. Puis je la regarde. À chaque fois, elle me fait un grand sourire. À la gare, elle aperçoit des amis. Je décide de la laisser. Elle veut absolument me donner son numéro de téléphone portable. Elle me le dicte lentement, je l'enregistre parmi mes contacts.

«Tu me rappelles ton prénom?

– Mélissa!» dit-elle avec enthousiasme.

Nous nous faisons la bise, puis elle part rejoindre ses amis.

Au collège, le lendemain, c'est l'effervescence dans la cour. Une bagarre générale vient d'éclater. Des professeurs se tiennent autour, contre les murs, mais aucun n'intervient, c'est trop dangereux pour le moment. Les coups pleuvent. Progressivement, la cohue se disperse, les protagonistes s'éloignent. J'aperçois Samia au milieu des élèves. Elle est calme, mais ferme. Les élèves lui obéissent. Le principal intervient et convoque tous ceux qu'il a vus participer de sa fenêtre au premier étage. Les élèves sont vaguement réprimandés. Certains passeront en conseil de discipline. En attendant, personne n'est blessé en dehors de quelques écorchures. Elles sont soignées à l'infirmerie.

Les professeurs sont en ébullition. On parle de l'insécurité des conditions de travail. Samia est au centre des débats. Elle a un leadership incroyable. Quand on pense que le principal est payé deux fois plus qu'elle ! Une histoire d'échelon et d'ancienneté, paraît-il...

La première heure de cours est déjà bien entamée. Les élèves vont en classe, ils sont surexcités. Ils ont vu l'échauffourée et la décrivent avec leurs mots. Comment nommer ce qui vient de se dérouler sous nos yeux ? D'un côté, une dizaine d'élèves, tous plus ou moins cousins ou demi-frères selon l'adjoint, sont intervenus par solidarité familiale. Les agresseurs, de l'autre, sont trois teigneux, vite dépassés par l'ampleur des représailles. Les cousins n'ont pas hésité à en rouer un par terre de coups de pied dans la tête. Un lynchage en bonne et due forme. Heureusement, sans trop de dégâts.

Dans un coin, j'aperçois Sofiane. Il a toujours le visage assombri du même air effrayé. Je lui dis de venir me parler après la classe. Plus tard, à la fin du cours, il sort sans dire un mot. Je le retiens et lui rappelle ce que je lui ai demandé. Je veux savoir s'il se sent bien à l'école. Je connais la réponse mais je veux l'entendre de lui. Il ne répond pas. A-t-il des amis, ici ou dans son immeuble ? Il ne dit toujours rien. Il hausse les épaules ou le menton. Sait-il ce qu'il veut faire après la troisième ? Non, il ne sait pas. Le dialogue s'éternise. Je n'ai aucune prise et n'obtiens aucune information. Je suis un ennemi irréductible. Que faire sinon le laisser partir ? Ma position ne me permet rien de plus. Je ne peux pas être à la fois la solution et le problème. Je suis un agent de police. Je mène mon interrogatoire. Il n'y a pas de solution.

C'est la pause déjeuner. Je ne vais pas à la cantine, je préfère rentrer chez moi. Beaucoup d'élèves font comme moi. Nous ne sommes plus des petits. Qui est assez péquenot pour aimer la cantine ? Yann est surexcité, c'est une bombe à retardement. Il fanfaronne devant tout le monde. Jennifer rit. Il n'a pas encore réussi à l'embrasser, mais il y croit ferme. Elle est toujours entourée de sa petite cour. Olivia et Jessica suivent la mode, portent les mêmes fringues, mais n'ont pas la même classe. Olivia a des vestes cintrées, ses bourrelets dépassent par-dessous. Joël et Dan, avec ses Creeks pourries, ne sont jamais loin. Ils font leur possible pour tenter de plaire à la belle. C'est peine perdue. Ils manquent cruellement de leadership, de charisme par rapport à Yann. Alors, ils parlent de leurs fêtes religieuses, ou utilisent des expressions dont seuls les initiés peuvent comprendre, non pas le sens, mais l'usage social. La barrière religieuse n'est jamais évoquée. Et pourtant elle est là, partout, tout le temps.

Yann me demande un service. Je dois lui acheter un rouleau de papier-cadeau. Il a prévu une nouvelle blague. Une «tuerie», selon lui. Je m'exécute servilement. Je m'y rends seul. Je suis content de participer. Je paye mon rouleau et reviens avec au début de l'après-midi. Il dépasse de mon sac. Yann prépare une surprise. L'ambiance est électrique, c'est une journée de fête. Chaque cours n'est qu'une trêve entre deux moments de vie réelle. Yann est prêt à bouffer le monde. On est soit avec lui, soit contre lui. Nous n'aurons aucune pitié. L'événement est prévu pour la sortie des classes, ça va être un truc terrible. Nous sommes tellement excités, les professeurs pourraient nous raconter n'importe quoi, nous n'entendons plus rien.

À dix-sept heures pétantes, nous explosons de nos chaises. Nous partons en courant, dévalons les escaliers, sortons du lycée, et nous nous plaçons non loin, au carrefour. C'est là que cela doit se passer. Nous nous sommes renseignés, Cécilia emprunte ce chemin pour rentrer chez elle. Nous avons prévenu tout le monde, c'est-à-dire ceux qui comptent. Un grand nombre d'élèves passent par le même chemin. Nous allons avoir un public pour admirer notre délire. Qui est capable de s'amuser comme nous ? La nuit a déjà commencé à tomber. Je retire mon déguisement et le range dans le sac de Yann. J'ai trop chaud. Les voitures ont allumé leurs phares. Une pluie fine tombe. L'eau ruisselle sur nos joues. Nous sommes en nage.

C'est arrivé là.

Quelques instants plus tard, Cécilia part en pleurs, manquant de se faire écraser par un bus. Je suis moi-même derrière elle, au milieu de la chaussée, les phares éblouissants avancent vers moi dans le grondement du moteur. D'un bond, je jaillis sur le trottoir. Les rires de Jennifer et de ses copines s'estompent. Le succès est mitigé. Yann est déjà loin, parti sans un mot. Je demeure immobile quelques instants. La sensation d'un grand vide me prend à la gorge. La même m'est revenue vingt ans plus tard, l'autre soir. Qu'ai-je vu alors ? Qu'ai-je compris ?

Farid me sert un deuxième verre de Perrier après s'être également resservi. Il me parle à voix basse, presque en chuchotant. Pourtant, Samia n'est pas encore arrivée.

« Elles étaient déchaînées, les filles. Tu ne peux pas savoir. C'est con que tu ne sois pas venu !

— Vous étiez où ?

— Mais tu sais bien ! C'est le café brésilien, à l'angle, quand tu sors du métro. »

Je feins la curiosité. L'énergie de Farid est stupéfiante, son sourire, ses yeux plissés, il n'a jamais été un mauvais garçon.

« Putain, mon pote ! Elles nous ont dit qu'elles y seraient à nouveau demain soir. Ce sera difficile pour moi d'y retourner, dit-il d'un air triste. Même Paulo était déchaîné ! Il a dansé tout le temps ! Pourquoi tu n'étais pas là ?

— Mais personne ne m'a prévenu !

— Je croyais que c'était lui qui t'appellerait. Elles

n'ont pas plus de vingt ans, je t'assure ! Elles ont des petits culs, ça fait des années que je n'en ai pas tâté des comme ça !

– Et tu penses y parvenir avec elles cette fois ?

– Je ne sais pas. Qui ne tente rien n'a rien ! On a bien le droit de rêver, non ? »

Perplexe, je pense aux belles fesses charnues de Samia. Chacun son truc.

Le bruit métallique et saccadé de la clé nous fait tous deux bondir. La porte claque. C'est elle avec les enfants.

« Tu es déjà là ? me dit-elle.

– Oui. Farid m'a demandé de passer un peu plus tôt pour discuter.

– Donnez-moi cinq minutes, j'arrive. »

Je dis bonjour aux gamins. Ils courent dans tous les sens. C'est une maison vivante, comme on dit. Je bois mon verre en silence. Farid lit dans mes pensées :

« Et toi, tu en es où avec ta copine ?

– Nulle part...

– Et tu n'as rien en vue ?

– Non.

– Tu n'as jamais pensé à te fixer un peu, avoir des enfants, te marier ?

– Il ne suffit pas de le vouloir, il faut en être capable, dis-je, étonné de sa curiosité soudaine.

– C'est très difficile, c'est certain... », dit-il, hagard.

Je ne le regarde plus. Les gamins continuent à courir autour de nous en hurlant. Farid n'y prête pas attention et ne leur dit rien. Je ne le relance pas. Il se tait, allume la télévision et cherche l'une de ces chaînes très éloignées des grands canaux connus. Elles n'existaient pas quand j'étais jeune. Il s'arrête sur un programme dont j'ignorais l'existence. On voit des gens traverser des épreuves incroyables. Une sorte d'*Intervilles* en plus moderne. Ça passe à n'importe quelle heure.

« Tu regardes souvent ?

– Non, mais tu as vu, il n'y a rien d'autre, me répond-il. C'est débile, mais on regarde quand même. Et puis, ça évite aussi de se faire insulter sur les autres chaînes, celles qui bavardent… »

Nous regardons, abrutis, l'écran, les enfants se calment et rigolent à chaque chute d'un candidat. Le temps passe lentement, et Samia n'arrive toujours pas. J'entends du bruit dans la cuisine. Elle doit y être. Je pense à me lever pour aller la voir mais c'est une mauvaise idée. Je ne bouge pas.

Elle entre dans le salon et ramasse la bouteille de Perrier vide sur la table. Une vague odeur de poulet flotte dans l'air.

« Vous voulez que je vous en apporte une autre ?

– Euh… Non, pour moi, ça ira, dis-je en masquant ma gêne avec difficulté.

– Moi aussi », dit Farid sans la regarder.

Les gamins poussent des cris. Ils se querellent à nouveau.

« Arrêtez, les enfants ! Je vous ai déjà dit de ne plus vous disputer. »

Ils sont petits, l'aîné est peut-être en CE1 ou CE2. Samia retourne d'un pas vif dans la cuisine pour préparer le dîner. Je pense à me lever, m'avance au bord du canapé, fléchis les genoux. Je vois alors le visage de Farid. Son regard est perdu. Il observe les enfants avec un étonnement juvénile.

Le dîner se passe tranquillement, à l'eau. J'essaie d'animer un peu l'ambiance. Ils me parlent des institutrices des gamins, de leur absentéisme. Je suis surpris d'apprendre l'investissement de Farid. Il connaît par cœur le programme de grande section, de CP et de CE1. Il est pris entre deux feux. Il ne veut pas que ses enfants traversent ce qu'il a vécu. Les choses devraient être plus simples pour eux. Mais il a toujours un mal fou à faire confiance à l'institution scolaire. Comment défendre ses enfants sans les gâter ? L'aîné commence déjà à avoir des notes et des contrôles. La veille de chaque dictée, même préparée, Farid est complètement flippé. Je le découvre avec curiosité. C'est une pression difficile à supporter pour lui. Ces soirs-là, une fois les enfants couchés, il sort prendre une cuite. Samia le vit mieux, elle a encore confiance. Elle arrive à parler aux maîtresses. Quand elles sont là, ajoute Farid, à la fois cynique et abattu. Ils se sont déjà renseignés sur la sectorisation des collèges. Il y en a clairement un à éviter à tout prix. Samia connaît la directrice d'un autre, plus éloigné, mais meilleur. Ils essaieront de passer par ce biais.

On mange une glace à la mangue Picard pour le dessert. C'est bon. On termine le litre.

Chez moi, le lendemain, Samia fume une cigarette dans mon lit. Elle me parle de son mari, de sa situation. Elle ne sait pas encore quoi faire. Je ne réponds pas.

« Je t'emmerde avec mes histoires ?

– Non, non.

– Si, bien sûr ! Je t'emmerde ! »

Elle n'ajoute rien. Elle termine sa cigarette et se lève. Je la regarde s'habiller. Elle est toujours aussi belle. Elle enfile son jean, il est serré. Geste incroyable, elle insère d'une main chacune de ses fesses l'une après l'autre dans son pantalon, en le tirant par-derrière. Le tout avec une agilité souveraine.

« Tu comptes me mater comme ça sans bouger encore longtemps ?

– Pourquoi ?

– Il faut que je rentre chez moi. Tu me raccompagnes ? J'aimerais éviter de prendre le métro à minuit, me dit-elle sèchement.

– D'accord. Donne-moi cinq minutes. »

En m'habillant, je ne pense déjà plus à elle. Je revois Louis, avenue de Villiers.

C'est l'un des derniers jours d'école avant les grandes vacances. Sur le chemin du retour, nous ne nous disons rien. Au croisement où nos routes se séparent, je lui tends la main poliment, je ne sais pas quoi dire.

« À bientôt, me dit-il en souriant de sa précaution artificielle.

– À bientôt », dis-je, sans comprendre ce qu'il veut signifier.

Je reprends ma route sans me retourner. Nous ne nous reparlons plus pendant plusieurs mois.

La rentrée au mois de septembre nous libère des vacances toujours trop longues. Je retrouve quelques amis devant les listes affichées des nouvelles classes. Nous sommes quelque peu disséminés à droite et à gauche mais la plupart des noms me sont familiers. Celui de Louis est sur la même liste que le mien. Notre professeur principal est également une surprise. Une certaine madame Djian, professeur de français. Une terreur, paraît-il.

C'est un début d'année banal. Les professeurs sont un peu plus sévères les premières semaines puis se détendent ensuite. Un matin – les cours n'ont débuté que depuis une quinzaine de jours –, notre nouveau professeur décide de nous passer une vidéo après la pause.

Dans le couloir devant la porte d'entrée de la classe, j'aperçois Louis. Il se tient dans l'ombre de l'autre côté. Je suis avec des copains. Je ne sais pas s'il me voit ou pas. Nous n'avons pas encore repris nos discussions, nous n'en avons pas encore eu l'occasion. C'est du moins la façon dont je m'emploie à me rassurer. Madame Djian ouvre la porte et nous invite à nous asseoir. Je croise alors le regard de Louis. Nous nous saluons d'un simple hochement de tête avant de nous asseoir, chacun de son côté.

Le professeur prépare son magnétoscope. Le bruit de la classe décline progressivement jusqu'au silence total. Elle semble avoir du mal à se servir d'une télécommande. Du reste, elle le confirme, elle ne sait pas se servir de « ces appareils ». Son insistance à l'affirmer est étonnante. On pourrait croire qu'elle s'en vante.

Elle porte un pull de laine ras du cou. Elle n'est pas maquillée, sa peau est sèche. Sa tignasse frisée flotte dans l'air, ses yeux noirs nous regardent sévèrement à travers de petites lunettes rondes.

Puis elle prend la parole. Nous allons voir un débat télévisé où personnalités politiques et intellectuelles de tendances diverses se feront face. Que vient faire cette émission de télévision dans le cadre d'un cours d'histoire de la littérature ? Je ne le sais pas. Il y a une raison, elle nous l'explique en long et en large, mais aujourd'hui, je ne m'en souviens pas.

On voit autour d'une table le jeune militant antiraciste Harlem Désir. Il est proche de nous, s'habille comme nous, parle comme nous. Les autres sont en complet gris. Aucun pourtant ne lui apporte la contradiction. Ils sont au fond tous d'accord. Mais c'est une question de forme. Harlem Désir a nécessairement raison. Quelle ne fut pas ma surprise, vingt ans plus tard, en le découvrant lui aussi en complet gris !

C'est une émission sur le Front national et le racisme. Aucun représentant de ce parti n'est présent sur le plateau. L'un d'entre eux, jamais vu nulle part, sera interrogé à distance, en duplex. La séquence ne dure pas longtemps. Madame Djian appuie sur « avance rapide ». À plusieurs reprises, elle coupe les intervenants pour faire quelques commentaires.

Nous devons apprendre à prendre du recul. Les hommes en costard gris sont-ils à la hauteur de leurs engagements politiques ? Poser la question revient à y répondre.

Elle fait aussi intervenir les élèves oralement. Plusieurs d'entre eux se sentent mobilisés. Elle encourage chacun à s'exprimer, rebondit sur un commentaire et donne la parole à quelqu'un d'autre. C'est à la fois précis et vivant. Cela ne fait aucun doute, elle a du métier.

L'un des types en costard gris est un moment, selon elle, « hors sujet ». C'est fascinant de voir un professeur corriger les gens de la télévision, les politiques. Je ne sais pas si aujourd'hui c'est encore envisageable. En introduisant la télévision en classe, elle en fait un instrument à déconstruire. Non, l'école ne se soumet pas ainsi aux diktats télévisuels. Du moins, c'est sa position. Nous, la jeunesse, nous y sommes dans notre univers. Le message est ainsi beaucoup plus facile et naturel à transmettre.

C'est un début d'année captivant. Elle nous donne une raison de vivre, un sens. Elle nous sort du train-train scolaire. La classe écoute ses prises de parole silencieusement. Elle est infaillible. Pourrons-nous aussi un jour prendre part à ce combat ? Je ne suis capable alors d'aucun recul. Je suis jeune et malléable. Mon éducation familiale ne me permet pas non plus de résister à un tel discours. Mais comment un élève comme Louis peut-il l'entendre, lui qui est déjà si mal à l'école ? Doit-il dénoncer ses parents ou je ne sais quoi d'autre ? Quelle place madame Djian lui laisse-t-elle ?

À la sortie, plusieurs élèves sont survoltés. Certains se sentent pousser des ailes. Assez rapidement les mots « fachos » ou « racistes » émergent. Louis sort en rasant les murs. Dan et Joël le regardent en se marrant. L'un d'eux porte un magnifique sweet-shirt Chevignon vert pomme, à l'effigie d'aviateurs américains. Il s'écrie :

« Faut qu'il se tire dans le privé ! »

Le soir, Louis et moi ne faisons pas le chemin du retour ensemble. Il n'est pas là, sans doute déjà parti. Inconsciemment, j'ai retardé mon départ en parlant à quelques potes sans intérêt. Il fait beau, les marronniers ont encore leurs feuilles. Je suis libre.

Louis et moi ne nous voyons plus depuis la rentrée, tout au plus avons-nous fait deux ou trois trajets de retour du lycée ensemble. J'essaie d'être le plus chaleureux possible. Je n'ai pas l'impression de me forcer. Il ne manifeste aucun reproche à mon égard. À chaque fois, il paraît imperturbable. C'est comme si nous nous étions quittés la veille ou le matin même. Ces moments, aussi brefs soient-ils, sont tellement précieux pour lui que pour rien au monde il ne les gâcherait par des remarques. Il me parle de la dernière œuvre qu'il vient de découvrir, du dernier livre. Il y a toujours la même urgence. Comme si sa vie dépendait de cette dernière découverte, jusqu'à la prochaine. J'essaie de partager son enthousiasme. Puis nous nous quittons.

Ce matin-là, en montant l'escalier pour rejoindre ma classe, j'aperçois, au fond du couloir du premier étage, les parents de Louis. Ils attendent devant la porte du proviseur. Je m'immobilise pour les regarder, laissant les autres élèves me dépasser dans la cohue. Je les sens perdus. Ils ne me voient pas. La porte du bureau s'ouvre et l'adjointe, ou la secrétaire, je ne sais plus, les invite à entrer. La mère tient son petit sac serré contre elle. Le père semble piétiner à petits pas en regardant devant lui, l'œil hagard. Ils portent toujours les mêmes vêtements usés. Quel sentiment de fragilité ! Quelle impression de faiblesse !

La honte me revient de les avoir snobés. Confronté de nouveau à la même situation, que ferais-je ?

Devant la salle de classe, en attendant le professeur, les élèves discutent avec effervescence. Stéphanie est particulièrement remontée. Les élèves semblent rejouer une scène, d'autres arrivent et demandent qu'on la leur raconte. Des bribes de mots me parviennent aux oreilles mais je ne veux pas participer : « antisémite », « raciste », « directrice », et un peu plus tard « Louis Pujalte ». Il s'est passé quelque chose. Je ne veux pas savoir. Un pugilat, une provocation ? Je ne le saurai jamais. Je redoute l'arrivée de Louis. Qui peut prendre sa défense ? Lui-même en est incapable. Le professeur nous rejoint et nous invite à entrer en classe.

Je ne veux pas savoir où est Louis. L'heure passe. Au changement de cours, après la pause, il est là, parmi nous, attendant dans un coin du couloir. Personne ne lui parle, personne ne le regarde. L'affaire paraît close, l'excitation du matin a quitté les élèves.

« Encore deux minutes et je ramasse les copies. »

Les élèves accélèrent le mouvement. Leurs petites mains griffonnent. Dehors, il fait déjà presque nuit. Les nuages sont gris et lourds. Le bruit de la pluie contre la structure de l'établissement produit un ronron abrutissant. Ils bavardent de plus en plus fort, sans aucune retenue. Je les laisse faire. Je ne veux pas crier, je n'ai plus beaucoup de voix. Je fais chhhh en les regardant. Ils se calment vingt secondes puis recommencent.

« Très bien ! Il est l'heure ! Je ramasse ! »

Un « Non » collectif explose. Le bruit devient ingérable. Quelques-uns, parmi les plus faibles, tendent leurs copies le bras en l'air, ils se fichent de la note. Je les prends et attends les autres.

La sonnerie nous libère enfin. Les élèves, l'un après l'autre, déposent leurs devoirs sur mon bureau. Trois continuent à travailler.

« Allez ! C'est fini ! Le collège ferme ! »

Ils sont un peu plus angoissés que les autres. Ils sont

d'ailleurs meilleurs que les plus faibles mais moins bons que les meilleurs qui, eux, savent tricher.

Je les pousse vers la sortie, ferme la porte et range mon sac furieusement. Dans les couloirs, il n'y a plus un seul élève. Je respire. Je descends les escaliers deux à deux, passe par la salle des professeurs, j'y prends d'autres copies, puis je sors.

Dehors, les lampadaires sont déjà allumés.

Devant la grille, je croise Paulo.

« Que fais-tu ? me dit-il d'un ton moqueur.

– Bien, ça ne se voit pas ? Je rentre !

– J'en étais sûr ! Tu n'as pas l'impression d'avoir un peu oublié la réunion de parents d'élèves de ce soir ?

– Non ! Ce n'est pas possible ! »

Je suis complètement découragé. Cette réunion m'est sortie de la tête, alors qu'elle a été programmée la semaine dernière suite à un trop grand nombre de plaintes de la part des parents. Verchère est incapable de gérer seul la situation. Il nous envoie en première ligne, comme si nous n'y étions pas en permanence.

« Mais on a déjà eu une réunion pédagogique la semaine dernière !

– Je sais. Maintenant, c'est tout le temps. Et les conseils de classe commencent dans dix jours ! »

Je remonte avec lui au collège. Pour couronner le tout, la réunion n'a été programmée qu'à 18 heures. L'attente est longue. Je suis trop fatigué pour lire. Je n'ai d'ailleurs pris aucun livre avec moi. Les collègues parlent fort dans la salle des professeurs. Chacun est là avec son stress. Paulo est muet. Il attend, flegmatique. Il n'a pas l'air découragé.

Enfin, nous nous rendons en salle 121. Les parents sont là. Ils nous attendent. Ils sont nombreux, il n'y a pas assez de sièges disponibles. Après une brève présentation du principal, les plaintes fusent. La prof d'anglais n'est toujours pas remplacée après trois semaines d'absence. C'est déjà son troisième arrêt maladie. À chaque fois, elle prend dix jours minimum. Verchère rassure les parents. Elle a été malade mais elle va revenir bientôt. Il essaie de les calmer à sa façon, quitte à mentir. Son but est de faire baisser le nombre de plaintes. Tout le monde sait qu'Annie Boutin n'a rien, en dehors de détester son métier et les adolescents. De plus, l'adjoint a eu la mauvaise idée en début d'année de la mettre dans une salle du quatrième étage. Furieuse, elle s'est immédiatement fait arrêter. L'année dernière, sa salle n'était pas assez chauffée. Elle s'était donc fait arrêter également. Personne, semble-t-il, n'a jamais songé à faire contrôler son médecin. Des parents d'élèves l'ont déjà surprise à la terrasse d'un café. Elle vit dans la même ville qu'eux, erreur à ne pas commettre lorsqu'on est enseignant. Elle fait cours avec des mitaines, une écharpe, ne se lève jamais de son bureau. Sa dernière trouvaille est un humidificateur d'air posé à côté d'elle pendant le cours. Les élèves voient ainsi s'élever du sol un petit nuage de vapeur permanent.

Les plaintes des parents continuent. Chaque professeur donne un bilan collectif. Certains se font rabrouer devant tout le monde. Ainsi le professeur de dessin, accusé d'avoir mis un 5/20 à un élève. À quoi ça sert ? Vous vous prenez pour qui ? La prof de SVT est, elle, accusée de trop crier.

J'interviens moi aussi. À ma grande stupéfaction, je n'essuie aucune remontrance. Étant jugé comme le professeur d'une matière importante, les parents m'écoutent. Les plus vindicatifs rentrent la tête dans les épaules. Leurs gamins ne sont pas des flèches.

Nous sommes conviés à discuter brièvement avec chacun d'entre eux en fin de réunion. C'est la rançon du succès, près de la moitié de la salle me saute dessus. Certains jouent des coudes, ils passent devant, ils s'engueulent.

« Je suis la maman de Nolan. Mon fils a encore eu un 8/20 à sa dernière dictée. Il est vraiment découragé. »

J'essaie d'être expéditif. J'ai une technique imparable, rassurer tout le monde, ça va aller, leur dire que si leur fils voulait, il pourrait. C'est loin d'être certain.

« Je ne comprends pas. Ma fille me dit que 11/20, c'est une très bonne note. Pourquoi ne peut-elle pas espérer avoir plus ?

– Vous êtes la mère de qui ? dis-je, exténué.

– Carla.

– Ah oui. Je pense que Carla peut tout à fait espérer

plus. Il n'y a pas de raison, dis-je, en me promettant d'augmenter sa note la prochaine fois.

– Elle pense que non. Elle dit que ça ne sert à rien.

– Si, bien sûr, ça sert toujours de travailler. Cela finira par payer, ne vous inquiétez pas.»

Je vois la file diminuer peu à peu. Il fait nuit depuis longtemps. La lumière électrique me fait mal au crâne. Mes yeux se ferment.

Avec les élèves perturbateurs, il faut être plus sévère. Je leur conseille de faire du sport. Je n'y connais rien. Ils en font déjà.

Je suis le dernier à partir. Il est presque 20 heures.

Je roule casque ouvert. À l'arrêt d'un feu rouge, je m'équilibre mal et me renverse sur le côté. Sans dégâts. Je n'en peux plus. Je redresse l'engin seul. Il n'est pas lourd. Les voitures me contournent lentement, les conducteurs me dévisagent, des klaxons retentissent au loin.

Arrivé chez moi, je m'allonge directement sur mon lit et n'en bouge plus pendant plusieurs heures. Les souvenirs reviennent.

À la sortie des cours, le soir, je prends le temps de parler avec quelques copains. Je n'essaie plus de me caler sur Louis, sur son besoin de quitter rapidement les lieux de son oppression. Le sujet de la matinée a complètement disparu des conversations, si bien qu'il m'est impossible de savoir ce qu'on a pu lui reprocher et qui a, semble-t-il, valu à ses parents d'être convoqués.

Je rentre avec un camarade. Il m'accompagne jusqu'au croisement de l'avenue de Villiers et de l'avenue de Wagram. Après une dizaine de mètres seul, je vois Louis me rejoindre. C'est la première fois qu'il quitte le sentier balisé de son trajet. Je fais en sorte de ne pas avoir l'air surpris, ce qui, peut-être, provoque chez lui une gêne. Je refuse d'aborder les événements du matin. Comme il ne parle pas, je prends la parole tranquillement pour évoquer autre chose de superficiel. Il ne répond pas. Il attend un mot de moi. Le mouvement de ma respiration est fébrile. Il imagine que j'ai appris quelles sont les accusations portées contre lui. Mais je n'ai pas voulu les connaître. Le menton haut, je m'installe dans le silence et regarde au loin. Je vais chez moi sans tenir compte de son propre chemin. Il me suit jusqu'au bout pour la première fois. Je ne fais pas attention à lui. Il va se décider à partir de lui-même, me voyant continuer de mon côté. Arrivés à mon immeuble, nous sommes comme deux abrutis en train d'attendre devant la porte cochère. Je ne l'ai jamais fait monter et je ne veux pas commencer maintenant. Il me parle de Montmartre et de l'île Saint-Louis. Il souhaite y retourner. Je ne réponds pas. Nous sommes en première. Il faut travailler un peu plus, je n'aurai certainement pas beaucoup de temps le samedi après-midi, surtout si je veux continuer à sortir le samedi soir. Je ne lui dis rien mais j'ai l'air un peu circonspect. Il ne me vient rien à l'esprit. Les secondes s'écoulent. Il ne bouge pas, ne cherche pas à crever l'abcès.

L'image de madame Djian m'obsède. Elle dégage une force irrépressible mais difficile à analyser. Je la trouve plutôt éloquente, sans forcément comprendre ce qu'elle dit.

Je le dis naturellement à Louis, comme ça, d'un coup. Après tout, les professeurs sont là pour nous aider. On ne peut pas se former totalement en dehors de l'institution, c'est une chimère. D'autant que l'école a beaucoup progressé en ouverture. Auparavant, jamais un professeur ne nous aurait fait débattre sur une émission de télévision. Il ne répond rien, son visage n'exprime rien.

Après un bref instant, il me dit qu'il est tard, il doit rentrer. Moi aussi. Tout en s'éloignant, il me dit au revoir de sa petite voix d'élève chétif. Je lui dis à demain avec le plus d'assurance possible.

Habituellement, je ne fais pas attention à Louis en cours et il ne cherche pas à se faire remarquer. Je sais seulement où il est assis. Aussi, le lendemain, c'est une fois à ma place que mon inquiétude s'éveille. Après cinq minutes, je ne peux m'empêcher de me retourner. Mon regard se glace. Sa chaise est vide. Je me remets droit immédiatement. C'est un choc. Quelque chose en moi espérait secrètement qu'il serait là, parmi nous. Je comprends à cet instant que je ne le verrai plus.

Et c'est effectivement ce qui arrive. Le soir même, les élèves n'en parlent plus. Un mois plus tard, un professeur se trompe en faisant l'appel. Il dit son nom en arrivant à la lettre P. Il doit être mal rayé. Il se corrige immédiatement. Quelques élèves réagissent par un rire moqueur.

C'est tout. Louis Pujalte est sorti de ma vie comme il y est entré.

Cécilia arrive enfin. Les élèves sont encore nombreux à quitter le lycée. Yann attend à côté de moi, son beau paquet-cadeau dans les mains. La circulation est dense, la nuit commence à tomber.

Plusieurs élèves de la classe sont là. Certains nous ont suivis par mimétisme docile. D'autres sont simplement curieux.

Jennifer est à l'angle avec ses copines. On ne les connaît pas toutes, elles ne sont pas toutes dans notre classe. Yann leur fait de grands signes de loin. Jennifer lui répond par un sourire. Olivia aussi, mais Yann lui fait la gueule. Dan et Joël ne sont jamais très loin d'elles. Eux aussi nous regardent. Ils sont curieux, interloqués. Faucigny et Thomas Ducol sont là également, ainsi que François Kermadec et Jérôme Leroy. Yann est aux anges.

Cécilia arrive. Elle est seule. Elle serre son sac contre sa poitrine en tirant sur la bandoulière avec son bras. Elle nous aperçoit d'assez loin mais il est trop tard pour

changer de direction. Yann a bien calculé son coup.
Dès qu'elle le voit, elle baisse les yeux. Yann de loin
commence à l'appeler par son nom, «Da Costa». Il se
marre. Son rire est électrique, communicatif, furieux.
Elle s'approche. Nous amorçons deux ou trois pas vers
elle. Elle veut nous éviter, bifurque à droite entre deux
voitures, sur la chaussée. On fait pareil. On vient à sa
hauteur, elle continue à avancer en accélérant. On suit
son pas, on la colle. On se marre, on pousse des cris.
Yann raconte plein de conneries. J'ai l'impression d'être
sur une scène de théâtre, ou plutôt de cirque. Tout le
monde nous regarde. Il lui offre son cadeau. Elle le
repousse avec son bras gauche. Il appuie de plus en plus
fort. Allez, Cécilia !

Elle n'en veut pas. Le pousse résolument. Elle le
connaît, ce type. C'est un mauvais garçon. Devant son
refus obstiné, Yann se résout à déballer le cadeau lui-
même. Voici le cœur de mon souvenir, de mon humiliation, nous y sommes. Yann pousse des cris, il déchire le
papier, arrache l'objet et le colle contre le visage de
Cécilia. Je le vois encore. Je suis là moi aussi. Je crie. Et
je le vois. Je le savais déjà, mais je ne réalisais pas. L'excitation tombe d'un coup. Je ne veux pas perdre la face.
Je reste avec Yann. Allons ! C'est du troisième degré.
On ne peut plus rire ? Il le tient du bout des doigts. Il
est ravi, il a l'honneur de lui offrir une serpillière.

Cécilia est en pleurs. Ses pas accélèrent. Un bus arrive
de face pleins phares. Elle repousse l'objet violemment.

Pour éviter le bus, nous sautons, Yann et moi, de deux côtés différents. C'est un fiasco. Cécilia est loin maintenant. Yann s'éloigne également. Il a fini et passe déjà à autre chose. Les élèves se sont dispersés. Il ne reste personne.

Me voilà seul avec cette sensation de vide qui m'est revenue vingt ans après. Qu'est-ce que c'est ? Quelqu'un m'observe. Je ne veux pas relever la tête ni le voir. Mais je m'y sens contraint. Son corps est immobile. Il me regarde alors droit dans les yeux. Son expression est pleine d'étonnement. C'est le petit Louis, le nouveau. Il a tout vu. Nous ne nous sommes pas encore parlé. Il baisse la tête et s'en va. Suis-je complice ? Oui, je savais pour la serpillière. Mais tout le monde savait ! Pourquoi suis-je seul maintenant ? Il n'y en a pas un pour partager avec moi cette défaite.

Spontanément, je décide de rattraper Louis. Je ne sais pas quoi lui dire. Mais j'ai besoin de parler. Maintenant.

Par un chemin détourné, je vais à sa rencontre, et ainsi débute notre amitié secrète. J'ai déjà dit la suite.

Le lendemain, les parents de Yann sont convoqués par le directeur. Il n'est pas inquiété et continue sa scolarité normalement jusqu'en juin. Il partira dans un autre lycée l'année suivante, à cause de ses notes, et sortira totalement de ma vie.

Moi-même, je ne subis aucune sanction. La prof

d'anglais me parle informellement en me croisant dans le couloir le lendemain. Je fais profil bas, lui explique. Je n'ai pas réalisé. Selon elle, c'est très grave. Je ne la contredis pas. Yann est un abruti mais elle est étonnée que moi, un garçon intelligent, je l'aie suivi. Je lui fais part de mon désarroi et de mes regrets.

Aucun élève ne m'en reparle. Cécilia continue sa scolarité normalement, seule. Nous ne lui présenterons jamais d'excuses. Elle partira elle aussi dans un autre lycée. Personne ne lui parle, pas même les autres exclus du « dispositif Yann-Jennifer » comme Kermadec. Elle reste seule.

Les mois suivants, passés avec Louis à discuter longuement, pas une seule fois il n'a évoqué cet événement. Je n'en ai plus jamais parlé. Je n'y ai plus jamais pensé. Ses protagonistes sont sortis de ma vie définitivement. J'ai tout oublié.

« État de choc, ce matin, dans un collège de Seine-Saint-Denis. Un élève aurait été poignardé par l'un de ses camarades de classe. Les raisons de cette agression sont pour le moment inconnues. Bastien Leclerc.

– Oui, Fabienne, c'est une nouvelle affaire de violence scolaire qui touche un établissement de la banlieue parisienne. Pour le moment, c'est la consternation au sein du corps enseignant. On ne comprend pas. C'est aussi un sentiment de ras le bol. Les professeurs vont se réunir, ils devraient faire valoir leur droit de retrait. L'élève a été hospitalisé, ses jours ne seraient plus en danger... »

Je coupe la radio. Je ne veux plus rien entendre. C'est mon collège. Je vérifie mon téléphone portable. Il est éteint. Je l'allume. Plusieurs personnes ont essayé de me joindre, sans laisser de message. Comme nous sommes jeudi matin, je n'ai pas cours. J'ai un mauvais pressentiment. Je m'habille et me rends au collège le plus vite possible.

Sur place, la tension est palpable. L'établissement est fermé pour la journée. Les professeurs syndiqués ont réalisé des banderoles et les ont accrochées aux grilles. Ils se tiennent devant et donnent l'impression d'occuper l'espace. Des journalistes sont venus leur poser des questions. Un peu plus loin, un groupe plus important d'enseignants a décidé de se retrouver par solidarité. Des femmes ont les yeux rouges, c'est un moment de recueillement. Je sors car je n'ai pas tellement envie d'être avec eux.

Je croise Paulo. Il rentre chez lui. Pourquoi rester pour ne rien faire ? Farid, lui, doit rester car Samia participe aux discussions et il ne veut pas avoir l'air de la laisser seule. Je demande quelques détails sur les élèves concernés. Il m'affirme qu'il s'agit d'un élève de ma classe de troisième. Il ne se rappelle pas son nom. Ah si ! Sofiane... Je m'inquiète. Que lui est-il arrivé ? Des élèves s'en sont pris à lui ? Ils l'ont agressé ? L'adrénaline me monte au crâne. Il est très faible. Il subit la violence de ses pairs de façon constante. Je décide d'aller voir Samia pour avoir plus d'informations, mais Paulo me coupe dans mon élan.

« Mais non, me dit-il. C'est lui l'agresseur ! La police est venue le chercher. »

Je me tais. Je sors avec lui. Un professeur parle devant une caméra. On n'en peut plus. La violence scolaire est le résultat d'un manque de moyens. Nous ne nous arrêtons pas. Paulo parle déjà d'autre chose. Je le quitte rapidement et marche dans la rue. Je suis abasourdi. N'y a-t-il rien à dire sur le harcèlement subi par Sofiane depuis qu'il est ici ? On veut transformer une victime en délinquant. Chacun tire ses conclusions et conforte ses propres idées. Ils ont beau défiler devant leurs banderoles, pourquoi n'étaient-ils pas là lorsqu'il fallait s'occuper de lui ? Il a finalement pété un plomb. Qu'aurais-je pu faire ? Prévenir. Mais que signifie prévenir ? Pour prévenir cet acte, la norme du moment dans cette classe aurait dû ne pas s'imposer à lui. Il aurait fallu qu'il se sente libre de s'exprimer. Il aurait fallu qu'il ait le droit de rire ou de se moquer selon sa propre norme. A-t-il jamais eu le droit d'être lui-même ?

Verchère n'a rien fait. L'histoire qu'il a classée sans suite va-t-elle ressortir ? Va-t-on savoir que je suis allé voir la mère ?

Je retourne au collège après hésitation. Je cherche à comprendre quelque chose sans trop savoir quoi. Le groupe d'enseignants est toujours là dans le préau. Il n'y a personne avec qui je veuille parler. Je fais le tour de l'escalier. Je vois Farid et Samia, seuls, ils s'embrassent. Il la tient fortement entre ses bras. Ils sont unis et ne bougent pas.

Je n'ai pas encore décidé de mon avenir. Rien ne me convainc de continuer. Je pensais pouvoir être un professeur différent, changer les rouages. Ce n'est pas possible. La société impose ses propres normes à l'école. Celle-ci aura beau se réformer, rien n'y changera. L'idéologie maîtrise les groupes et les élèves sont pris dans leur groupe. Ils ne peuvent s'en dessaisir. Il faut faire avec, et c'est impossible.

Je me suis fait arrêter lundi, c'est une première. Je rejoins ainsi la longue cohorte des enseignants démoralisés. Je traîne au café toute la journée. Je lis quelques journaux. Je n'y apprends rien. Je bois lentement. Je laisse passer le temps.

Démissionner serait la meilleure solution. Changer de vie. Partir.

J'aperçois Philippe et Arnaud Bertin, ils fondent droit sur moi. Ils m'ont vu les premiers. Impossible de les esquiver.

Ils ont l'air heureux et m'abreuvent des dernières

nouvelles creuses de leur petit monde. Arnaud est habillé d'un large sweet-shirt à capuche avec de grosses inscriptions et de chaussures de sport. On pourrait croire une tenue de rappeur. Je ne connais plus les marques, je ne suis pas capable de les identifier. Il a dans les mains un exemplaire du dernier numéro de *La Jouisseuse*. Il me le montre fièrement, il sortira mardi prochain. D'après lui, c'est la première fois qu'il n'y aura pas de texte de moi. Charlotte et lui se sont réconciliés. Elle aurait écrit une suite à son magnifique article du numéro précédent. Il a fait du bruit. On l'a brimée, mais on n'aurait pas dû. Arnaud lui a donc cette fois-ci donné le feu vert pour exprimer son délire.

Il me le lit, mais je n'écoute pas vraiment. Elle ne nous épargne aucun détail sexuel et scatologique. Le texte a la prétention de choquer. Il est chargé d'épithètes crues et ne fait pas dans l'euphémisme. Arnaud est heureux comme un gosse s'apprêtant à faire une grosse bêtise. Il revendique l'influence de Sade, Guattari, et Ovidie.

Je crois bien que l'extension est partie de mon genou droit. Un appui léger permet une détente plus souple de mon coude vers l'arrière. Je ne pense à rien. Mon bras s'élance alors comme un lance-pierre. Mon poing s'écrase sur la gueule d'Arnaud Bertin, sans prévenir, quelque part entre le maxillaire supérieur et la narine gauche. Le pauvre ne le voit pas arriver. Il était tout détendu. Sa tête vacille en arrière, le corps suit, puis, enfin, les jambes. Il s'étend de tout son long. Je n'aime pas ne pas finir un travail commencé, alors je me baisse, pose le genou gauche à terre, enjambe son corps de ma jambe droite et le saisis au col de ma main gauche. Dans cette position, il faut trouver un équilibre entre l'épaule et le coude. Le coude bien replié, l'épaule doit alors partir en avant la première, puis le bras suit naturellement. Je recommence l'opération plusieurs fois.

Je ne ressens aucune douleur dans la main droite. Je devrais, pourtant, car je suis en train de m'y faire deux fêlures. Le plus important est la tâche impérieuse à accomplir. Je n'entends rien. Je suis tout à mon objet.

Le sang gicle à flots. Je frappe sans m'arrêter, ayant conscience du bien fondamental que je suis en train d'accomplir.

La fatigue me réveille. Philippe crie depuis un moment. Son bras m'enlace et me tire vers l'arrière, rien n'y fait. Que peut-il face à un homme déterminé ?

Je me redresse, exténué. « T'es fou ! » crie-t-il en agitant les bras. Je ne le regarde pas. Il n'existe plus, je m'en vais.

La douleur dans ma main se fait plus vive. Il y a du sang. Quelques taches aussi sur mes vêtements.

Je me suis délesté d'un grand poids. Je ne me sens pas si bien pour autant. Le vide ne libère étrangement aucun choix. Je suis un être sans avenir.

Le téléphone sonne. C'est Farid.

« Dis-moi ! T'es libre ce soir ?

– Oui, bien sûr.

– Tu as une voix bizarre. Tu es sûr que ça va ?

– Oui, tout va bien. Je suis content de ton appel.

– Parce que j'ai un plan génial. Rendez-vous à République à huit heures ?

– D'accord, je serai là. »

La Creuse. La forêt, les lacs, les rivières. Le déroulement de ma vie semble m'avoir guidé inéluctablement
vers ce point. Je n'écoute plus la télévision ni la radio
depuis longtemps. Je me libère de tous les contacts
susceptibles de m'apporter une quelconque information sur la société. Je vis de presque rien, je cultive mon
potager. Je croise occasionnellement des gens. Des
vieux, ils n'ont jamais quitté ces lieux. Mais aussi des
jeunes. Ont-ils eu le même destin que moi ?

Sofiane a disparu. Il n'a pas subi de trop graves
dégâts sur le plan judiciaire mais il a été placé en foyer
quelques mois. Sa mère a pu finalement le récupérer et
ils sont partis. Pour où ? Je l'ignore.

Arnaud Bertin a porté plainte contre moi. Son ami
Philippe a témoigné. J'ai été entendu par la police. J'ai
déclaré ne me souvenir de rien. On m'a conseillé d'aller
voir un psy. Un bon moyen pour amadouer le juge et ne
pas avoir de mauvaises surprises. J'y suis allé une dou-
zaine de fois. Mais tout s'est très bien passé, on ne va

plus en prison pour ça. Il a fallu payer des dommages et intérêts.

Il fait souvent beau. La nature se recouvre d'un voile blanc. Le froid nous saisit le corps. C'est une bonne sensation. Je monte dans ma petite voiture achetée d'occasion. Il en faut une à la campagne. Et il faut faire le plein à la station-service. J'observe les gens. Tout est lent. Le vide a sa place.

Je vais payer mon plein puis je reviens me remettre au chaud dans mon véhicule. Soudain, une clameur de joie jaillit à quelques mètres seulement. Ce sont des enfants. Il y en a peu par ici. Moi qui croyais être hors norme en choisissant de ne pas en avoir, je n'ai rien choisi du tout. J'ai simplement vécu comme la ville nous impose de vivre.

Les enfants respirent la vie. J'en dénombre cinq qui courent dans tous les sens. Une fillette commande à un garçon, plus petit qu'elle, au tempérament bagarreur. Les autres s'agitent autour. Ils ont moins de dix ans. Quelle force doit-on sentir en soi en vivant auprès d'eux. L'avenir est à eux. J'ai l'impression d'avoir pris le chemin exactement inverse. Je me suis pourtant occupé de mômes pendant longtemps. Mais qu'est-ce qu'un enseignant à côté d'un parent ? Je croyais le contraire. Je me suis trompé.

Le père vient les chercher, mais les enfants n'obéissent pas. Je rigole. Il revient sur ses pas, tourne la tête vers moi, puis continue son chemin. Subitement, il s'arrête et me regarde à nouveau. Que cherche-t-il ? Comme je souris encore, je change de visage et regarde ailleurs. Il s'en va.

La mère arrive à son tour. Elle est un peu ronde, a l'air très sûre d'elle. Elle est jeune et dynamique. C'est une maman. Le père, petit et mince, la suit. Je ne lui donne pas d'âge. Quelle vie ce type a-t-il eue à côté de la mienne ? La mère fait monter son petit monde en voiture, une vieille Espace bien chargée.

Les enfants sont toujours aussi excités dans la voiture, ça ne s'arrête pas. La maman crie :

« Louis, dépêche-toi ! »

Je ne bouge pas. Le type revient. Il court un peu. Il passe près de l'aile avant droite de ma Clio. Il ne me quitte pas des yeux et marque un temps d'arrêt en ouvrant sa portière. Je baisse les miens. Il monte dans sa voiture, démarre et quitte la station. Les enfants chantent à tue-tête.

Je suis pétrifié à mon volant. La honte ne m'a jamais quitté.

Composition IGS-CP
Impression CPI Brodard & Taupin en août 2016
Éditions Albin Michel
22, rue Huyghens, 75014 Paris
www.albin-michel.fr
ISBN : 978-2-226-32075-9
N° d'édition : 21935/01 – N° d'impression : 3018518
Dépôt légal : septembre 2016
Imprimé en France